# 対話篇

金城一紀

角川文庫
22276

対話篇　目次

# 恋愛小説

まずは、生まれて初めてのデートのことを思い出してみよう。

そう、あれは中学二年の時で、僕はまだ十四歳だった。

十四歳——。

すべての衝動が、非生産的な方向へと集約していた頃。

その頃のことを思い出すと、僕は少しだけ恥ずかしい気持になる。なぜなら、その頃、僕は《不良》というものをやっていたからだ。それもかなり真剣に。

不良用の学生服に身を包み、毎日のように喧嘩《けんか》をしていたその頃、僕が自慢できるものといえば、喧嘩で折れた右の前歯のことや、遅刻と欠席の回数、それに、学校の成績がいかに悪いかということぐらいしかなかった。

でも、そういった毎日はとても楽しかった。僕は真剣に喧嘩相手を殴り、真剣に勉強をしなかったし、そして、真剣に初めてのデート相手の女の子を好きになった。

彼女は僕と同じクラスにいて、とても真面目な女の子だった。成績はいつも上位、生徒会の役員もやっていた。

彼女とデートをするきっかけになったのは、僕が英語の筆記体の読み書きができなかったからだ。僕は英語の筆記体の読み書きができるような、ニセモノの不良を目指してはいなかった。でも、そんな理想が教師に通じるわけもなく、ある日の英語の授業中、たまたま僕の近くの席に座っていたというだけの理由で、彼女が僕の《学習指導員》に選ばれてしまったのだった。

彼女は嫌な顔もせずに、放課後の補習につきあってくれた。

「最初、わたしが書いてみるね」

彼女がそう言って、ノートにさらさらと筆記体を書き始めてすぐに、僕は彼女を好きになってしまった。彼女の指の動きが綺麗《きれい》だったせいか、それとも、他に誰もいない放課後の教室で、初めて女の子と二人きりになり、舞い上がってしまったせいか。とにかく、理由はどうあれ、僕は彼女のことを真剣に好きになった。

補習三日目。始まってすぐに、僕はまだ彼女に習ってない筆記体の英単語をノートに書いたあと、彼女の顔を見た。彼女は、「うん？」と口の中で小さくつぶやき、僕の顔とノートを交互に眺めた。僕は、シャーペンの先で英単語を指した。彼女は視線を英単語に移し、目を細めながらそれを五秒ほど見つめ、クスクスと笑い出した。そして、「きたない字」と楽しそうに言いながら、僕の顔を見た。彼女の頬は赤くなっていて、緊張のせいか、まつげの先がかすかに揺れていた。僕は彼女の顔を見ていられなくなり、うつむいた。ほとんど同時に、彼女もうつむいた。僕たちは五分ほどのあいだ、黙ってうつむいたまま、時を過ごした。

先に口を開いたのは、彼女のほうだった。

「いっしょうけんめい練習したんだね」

十月の、ある火曜日、僕と彼女は学校をさぼって、動物園にデートに行った。

学校をさぼった理由はふたつ。ひとつは、《学校をさぼってデートに行く》という行為が特別なことに感じられたからだ。僕と彼女はお互いにデートをするのが初めてで、僕たちはそれを特別なものにしたかったのだ。もうひとつは、僕の個人的な理由だ。僕が通っていた学校には、《中三の二学期になるまで女とつきあってはいけない》という代々不良グループで受け継がれてきた『掟《おきて》』があった。その『掟』を破ったのがばれると、不良としての資格を失ってしまうから、学校の連中にばれないように、みんなが学校にいる時間にデートに行くことにしたのだ。それにしても、そんな『掟』を誰が、どんな意図で作ったのだろう？　何度かまわりの不良仲間に問い質《ただ》してみたけれど、みんな首を傾《かし》げるだけだった。

デートの話に戻そう。

それは、優しい日差しが街に降り注いでいる、のどかな火曜日の午後だった。昼寝を始めた犬や猫が永遠に起き出してこないような、そんな雰囲気の。待ち合わせ場所の、駅の改札に現れた彼女は、白のワンピースに黒のカーディガンを羽織り、長い髪を後ろでひとつに束ねていた。もし、彼女が白いスニーカーを履かずに他の大人びた靴を履いていたら、僕は急な腹痛に襲われたフリでもして、その場から逃げ出していたかもしれない。僕は長袖のTシャツにジーンズ、それに、ニューヨーク・ヤンキースの帽子をかぶっていた。彼女は帽子を見て、はにかんだ笑みを浮かべながら、カッコいいね、と言ってくれた。僕は黙って頷《うなず》き、言いたい言葉を飲み込んで、動物園に向かって歩き出した。

動物園に着くまでのあいだ、僕と彼女はほとんど言葉を交わさずに、黙々と歩いた。気の利いたセリフを必死に探したけれど、そんなものあるはずがなかった。僕はファッショナブルな不良ではなかった。それに、『掟』を破ってしまった後ろめたさが急に頭をもたげ、僕を無口にしていた。

「どんな動物が好き？」

沈黙に耐えかねたのか、彼女が小さな声でそう訊《き》いた。僕は、ゾウ、と答えそうになったけれど、どうにか堪《こら》えた。不良がゾウと言ってはいけない気がしたのだ。

「オオカミ」と僕は答えた。

　彼女がかすかに微笑んだ。

「動物園にいるかなあ……」

　結局、その動物園にオオカミはいなかった。僕たちはゾウやサルやカバを見ては、クラスの誰々に似ていると言って、笑った。そして、アシカが泳いでいるプールを見ながら、彼女が作ってきたサンドイッチを食べた。時々、アシカがもの欲しそうな顔を、僕たちに向けた。

　ひととおり動物園を見てまわったあと、僕たちは隣接している公園を散歩した。時々、彼女の手の甲が僕の手の甲に軽く触れては、離れた。僕と彼女の距離は、昼よりもずっと近くなっていた。

　暮れかけた太陽が、あてもなく歩いている僕たちの影を長く伸ばしていた。公園の出口に向かっている時、彼女が言った。

「楽しかったね」

　僕は寂しくなった。彼女とならいつまでも歩いていられる気がした。出口が見えてきた時、僕は発作的に彼女の手を握った。彼女の手は一瞬硬くなり、すぐにもとの柔らかさに戻った。いまではその時の彼女の手の柔らかさをはっきりとは思い出せないけれど、こう思ったことだけはおぼえている。

　この子を守るためなら死んでもいい。たとえば、その時、動物園からライオンが逃げ出してきて、彼女を襲おうとしたら、僕はなんの躊躇《ちゅうちょ》もなくライオンの前に立ちはだかり、彼女のことを守っただろう。それだけは間違いない。

　デートの日から三日後、僕は警察に補導された。敵対する中学に殴り込みをかけるために、先輩や同級生たちと木刀やバットを持って歩いているところを、相手の通報で一網打尽《いちもうだじん》にされたのだ。警察で取調べと説諭《せつゆ》を受け、調書に指紋を捺《お》した。僕は黒いインクで汚れている手を見て、ひどく情けない気持になった。

　彼女とはもう手をつなげない。

　僕は、真剣にそう思った。

　停学になっているあいだ、何度か彼女から電話があったけれど、僕は電話に出なかった。つまらないヒロイズム。そんなもののせいで、彼女との関係は終わった。ついでに、放課後の補習も。

　三年に進級し、違うクラスになった彼女とは、時々校内ですれ違う程度で、言葉も交わさなかった。そして、僕と彼女の距離はだんだんと遠くへ離れていった。どんなに手を伸ばしても、届かないぐらいに。

いま、僕はもう三十を越え、不良だった頃の名残は右の前歯が差し歯ということと、相変わらず英語の筆記体の読み書きができないことぐらいしかない。

いまから僕が話そうと思っているのは、そんな僕についての話ではなく、大学時代に知り合った、ある友人についての話だ。

彼のことを思い出すたびに、僕は十四歳の頃を、初めて真剣に好きになった彼女のことを、思い出してしまうのだ。

＊　＊　＊

刑法。大学生活最後の試験。余白が目立つ答案。

試験終了のベルと同時に、僕は長いため息をついた。僕の大学生活を象徴している答案に、うんざりしてしまったのだ。

答案の回収が始まった。試験監督をしていた教授の谷村《たにむら》が、付け届けは一切受け付けません、と冗談ぽく言うと、教室に笑いが起きた。嫌味のない口調と笑顔は、テレビのコメンテーター業で培《つちか》ったものだろう。

僕は、答案が回収されてすぐに、机の下に置いてある分厚いコピーの束を抱えて、席を立った。教室を出て、ドアの脇に設置してある、コピー紙専用のくずかごに持っていた束を放り投げた。そして、ダウンジャケットのポケットから煙草とライターを取り出し、火をつけようとした時、後ろから肩を叩《たた》かれた。振り向くと、二年まで語学のクラスで一緒だったクラスメイトが、かすかな笑みを浮かべながら立っていた。

「ひさしぶり」笑みを返しながら、僕は言った。

「ひさしぶり」と彼は言って、教室のドアを指差した。「これを受けてた？」

僕は頷いた。「そう、この系列が埋まらないと卒業できないんだ。そっちは？」

彼は脇に抱えていた刑法の基本書を僕に見せた。「僕も去年、これを落としちゃったんだ」

「お互い、四年になってまで苦労するね」

彼は曖昧《あいまい》に頷いた。

会話が止んでしまった。そもそも、僕と彼はそう親しい間柄ではなく、会話が弾むような共通の話題もなかった。それに、彼はクラスの連中から、《透明人間》と呼ばれていた。クラスで一番存在感が薄く、彼の顔をまったく思い出せない奴もいるほどだ。僕はクラスの中で唯一彼と長時間話したことのある存在だった。まあ、長時間とはいっても、三分ほどのことだけれど。

僕が煙草とライターをポケットに戻した時、彼がまるで思い出したように、言った。

「これから暇？」

「ありあまって困ってる。ゼミに入ってないから卒論もないし」

「どうしてゼミに入らなかったんだい？」

「入った」と僕は言った。「入ったけど、ゼミ対抗のソフトボール大会で乱闘をしちゃって、クビになった」

彼は目を細めて、僕を見た。口元には疑いの笑みが貼りついている。

「いや、本当の話なんだ。つまんないゼミだったから、さぼってばかりでほとんどクビの状態だったんだけど、ソフトボール大会に出たら単位をくれるって言うから出たんだよ。そしたら、相手チームのピッチャーが、むかしつきあってた女の子のいまの彼氏で、いきなりビーンボールを投げてきたんだ。それで——」

僕がそこまで言った時、教室から人の固まりが流れ出してきて、それが発する喧騒《けんそう》に言葉を遮《さえぎ》られた。一群の核には谷村がいて、まわりを取り囲んでいる女子学生たちにさりげない笑みを向けながら、優雅に歩を進めていた。僕たちの脇を通り過ぎていく一群は、僕たちの存在が視界に入っているはずなのに、誰も視線を向けようとはしなかった。

一群が廊下の先に向かって小さくなっていく様子を眺めていると、彼が言った。

「せっかくだから、お茶でも飲みながら、さっきの続きを聞かせてくれないか？」

ひどく控え目な口調だったけれど、目には強い意志が宿っているように見えた。その目の光に引き込まれて、思わず頷いてしまった。

カフェテリアに入って、四人掛けのテーブルに彼と向かい合って座り、五分ほどかけてソフトボール大会の顛末《てんまつ》を話し終え、彼との会話の最長記録を更新した。彼は控え目ながらも、僕の話によく笑い、きちんと相槌《あいづち》を打ってくれた。その一連の様子は、これまで僕が持っていた彼に対するイメージとうまく重ならなかった。

「もうすぐ卒業だね」

コーヒーの入った紙コップに口をつけたあと、彼は言った。

「四年なんてあっという間だ」と僕は言った。

「僕はすごく長かった気がする」

話を合わせてこなかった以上、何か話したいことがあるのだと思い、僕は彼の言葉の続きを待った。しかし、彼は言葉を継がなかった。束の間の沈黙が漂った。沈黙を紛らわせようと、煙草とライターを取り出して煙草に火をつけた時、彼が口を開いた。

「三年の時、君が刑法のノートをまわしてくれたことがあっただろ？」

おぼえてなかった。僕が大学で学んだ唯一の特技は、他人のノートを試験前に我が物顔で他にまわす、というものだった。

「そうだったっけ」と僕は言った。

「あの時はすごく嬉《うれ》しかった。ほとんど話したこともない僕に気を遣《つか》ってくれたことがね」

　彼がそう言いながら浮かべた笑みは、少し寂しげに見えた。

「役に立たなかったんだな、そのノート」と僕は言った。

「どうして？」

「そのノートが役に立ってれば、いまここでこうして僕とお茶なんか飲んでないだろ？」

　彼は首を小さく横に振った。

「そんなことはないよ。あのコピーはよくまとまってたし」

　僕はまとまってるかどうか分かるほど目を通さなかったせいで、いまここにいて、《透明人間》を相手に、煙草を吸いながら話をしていた。

「それじゃ――」

　彼に試験に通らなかった理由を訊こうとした時、男女の集団が隣のテーブルに座った。彼らは僕たちの存在をかき消すかのような声のトーンで、卒業旅行のハワイ行きに関して話し始めた。彼が彼らのはしゃぎ声に気圧《けお》されているのが分かった。僕は煙草を灰皿に押しつけて消したあと、身を乗り出して彼に顔を近づけた。彼は驚いたのか、かすかに身を引いた。僕はさっきまでと変わらない声の大きさで、言った。

「大学に入り立ての頃、僕は三つのサークルに入ってた。でも、ぜんぶひと月でやめた」

「どうして？」

僕は隣の集団に人差し指を向けた。「どういうわけか、みんなあんなふうに喋《しゃべ》る連中ばっかりだったんだ。僕はあんなふうになりたくなかった」

そんなことを告白したのは初めてだった。それまでは気に入らないことがあっても、多勢を敵にまわさないように当たり障りなくうまくやっていたのだ。卒業を間近に控えてタガが外れてしまったのか、それとも、話相手が《透明人間》だから害がないと無意識に判断したのか。

僕は身を引いて座り直したあと、失点を取り戻すために、彼に笑みを向けた。彼が僕の笑みに応《こた》えてくれるかのように口を開いて何かを言おうとした時、隣のテーブルで爆笑が起こり、無遠慮な音の塊《かたまり》が僕たちにぶつかってきた。彼の口が閉じてしまった。潮時のような気がした。僕は言った。

「出ようか」

彼は隣のテーブルにぼんやりとした一瞥《いちべつ》をくれ、小さく頷いた。

校舎を出て、一緒に駅に向かっている途中、僕は彼に訊いた。

「家はどこ？」

彼が口にしたのは、有名な高級住宅地だった。僕が、すごいね、と建て前を言うと、彼は、本当にそう思ってる？　と笑いながら、言った。僕は、思ってない、と笑いながら、答えた。

駅に着き、改札口へと繋《つな》がる長い階段を上り切ったところで、彼が足を止めた。

「もしよかったら、いまから僕の家に遊びに来ないか？」

彼は僕の目を覗《のぞ》き込むようにして、そう訊いた。まるで女の子を初めてデートに誘うような口調だった。

「いきなりだな」と僕は言った。

彼は照れ臭そうに微笑んで、言った。

「おかしく聞こえるかもしれないけど、人とまともに話すのが久し振りで、少し浮かれてるんだ。それに、君ともう少し話がしたい」

「いいよ」

僕がすぐにそう答えると、彼は驚いたように僕を見た。

「僕はハードボイルド小説の愛読者だから、こういった展開には馴《な》れてるんだ」

普段なら、人とまともに話すのが久し振り、と公言するような人間の誘いには危なくて乗らなかったはずだけれど、彼には僕を頷かせる強い磁力のようなものがあった。

それに、僕は彼の、ひとつひとつの言葉を嚙《か》み締めるようにしながら話す喋り方が好きだった。でも、正直に言えば、その日の僕は暇を持て余していたし、試験が終わって彼と同じように浮かれてもいたのだ。そして、僕は好奇心が旺盛《おうせい》なタイプの人間だった。《透明人間》の正体を、少しでも知りたいと思ったのだ。

「君は変わってるね」

彼はそう言って、なぜか寂しそうに微笑んだ。

「卒業したら、どうするんだい？　就職するの？」

「いや、就職はしないよ。僕は正義のヒーローになるために、武者修行の旅に出るんだ」

「え？」

「当たり前だけど、嘘だよ。本当は司法浪人」

「そうなんだ」

「ていうのは仮の姿で、本当は小説を書こうと思ってるんだ。読んだ人みんなが救われるような作品を書けたらって思うんだけどね。こんなこと恥ずかしいから、誰にも言ったことないけど」

「どうして恥ずかしいの？」

「どうしてかな。ものにならなかった時のことを考えてるのかな。いや、そうじゃないな。なんか夢を熱く語るみたいで恥ずかしいんだと思う、きっと」

「分かるような気がする」

「そっちは？」

「……決めてない」

「もしかして、喋るのが恥ずかしいとか？」

「いや、そういうんじゃないんだ……」

「なんかわけありっぽいな。まあ、いいや。ところで、好きなミュージシャンは？」

「急な質問だな」

「話題を変える時によく使う手なんだ。で、誰が好きなの？」

「リヒャルト・シュトラウス」

「それってもしかして最先端のギャグなんだけど、俺が気づいてないだけとか？」

「違うよ、本当に好きなんだ。ミュージシャンじゃなくて作曲家だけどね。僕はクラシック以外の音楽を、ほとんど聴いたことがないんだ」

「もしかして、家には執事とかメイドがいて、百坪ぐらいの庭にはボルゾイが五匹ぐらい駆けまわってて、お母さんは語尾に『ざます』とかつけて喋ったりする家庭？」

「………」

「そんなにおかしかった？」

「君は本当に変わってるよ」

「そうかな」

「普通の人の会話には、ほとんど《ボルゾイ》なんて単語は出てこないと思うよ」

「それじゃ、これからはドーベルマンあたりにしておくよ。ところで、何人家族？」

「……家に来てもらえれば、分かるよ」

　彼の家に着いた時、街には薄い闇が漂っていた。

　彼の家は、薄い闇を蹴散《けち》らすように圧倒的な存在感をもって建っていた。まわりの家並みより一階分ぐらい高い三角に尖《とが》った屋根、壁から大きく張り出している派手な鎧戸《よろいど》のついた出窓、敷地を取り囲む背の高いレンガの壁。

　彼が、見るからに頑丈そうな鉄製の門扉を開け、冗談めかして言った。

「ようこそ、心温まる我が家へ」

　僕は玄関まで続く、白くて大きくて四角い飛び石（たぶん大理石の）につまずかないように気をつけながら、彼のあとをついていった。彼は玄関のドアの前で立ち止まり、ジーンズのポケットから鍵《かぎ》を取り出して、面倒臭そうに鍵穴に差し込んだ。

ドアが開いた。家の中には外よりも濃い闇が漂っていた。

「ご両親は？」と僕は訊いた。

「いないよ。僕が小学生の頃に両方とも死んだ」彼は天気の話題でも口にするみたいに、無表情に答えた。「他に家族もいない。僕はここにひとりで住んでるんだ」

彼が先に家の中に入っていき、僕が迷わないための目印でもつけるみたいに、スイッチをパチリパチリと押しながら、灯《あか》りを点《とも》していった。僕は彼の背中を見失わないように、早足で長い廊下を歩いた。

数分後、僕はリビングの大きくてふかふかしたソファに腰を埋《うず》め、落ち着かない気持のまま、まわりを眺めまわしていた。壁に掛かっている油絵（もしかして数百万ドルで落札された？）、スピーカーから何からすべてが金ぴかに光っているオーディオシステム（いったいどんな音色を出すんだろう？）、そして、床には毛足の長い絨毯《じゅうたん》が一面にぴったりと敷かれていた（きっと、何十人ものペルシャ人がひどく安い賃金で紡《つむ》ぎ上げたに違いない）。

「ビールでも飲むかい？」

彼の声が遠くから聞こえてきた。

「いや、酒は飲まないから」と僕は適当なほうを向いて答えた。

彼がウーロン茶の缶をふたつ持って、リビングに現れた。

「なんかすごいね」と僕は《心温まる我が家》の感想を口にした。

彼は僕の向かい側のソファに腰を下ろし、クリスタル製のセンターテーブルに缶を置いた。

「本当にそう思ってる？」彼は笑みを浮かべながら、訊いた。

僕は頷いた。彼は笑みを顔に貼りつけたまま、続けた。

「ここは博物館みたいなものだよ」

「どういうこと？」

「冷たくて、使い様がなくて、手に触れようのないものばかりがここには詰まってる」

重い沈黙が降りた。僕は缶に手を伸ばした。彼も同じように缶を手に取った。プルトップを引き上げながら、僕は訊いた。

「いつからひとりで住んでるんだい？」

彼の顔から笑みが剝《は》がれ落ちた。

「両親が死んだあと、親戚《しんせき》の家を転々としたけど、十六歳でここに戻ってきた」

「ご両親は事故で？」

彼の顔に、また笑みが貼りついた。剝がれ落ちたものを急に戻しただけに、少し強《こわ》張《ば》り気味の。

「僕が殺したんだ」

ハードボイルド小説の愛読者としては、持っていた缶を素早くテーブルの上に置き、不測の事態に対処できるようにすべきだったのかもしれないけれど、僕はまったく微動だにせず、彼を見ていた。彼は続けた。

「僕が殺したようなものなんだ」

「よく分からないんだけど」

彼は僕の顔から視線をそらし、下を向いた。弱々しい目の光が床の上をさまよっている。その様子は、どう見ても両親を殺害した殺人鬼のものではなく、見知らぬ街で迷子になった幼い子供のそれだった。彼はゆっくりと視線を僕に戻した。

「話しても信じてもらえるかどうか分からないけど、君には話しておきたいと思ったんだ」

僕はかすかに頷き、先を促した。

「それに、勝手な話だけど、今日はなにもかも話してしまいたい気分なんだ。でも、僕には話をするどころか、おはようを言う相手さえいない……。迷惑かい？」

僕は首を横に振った。彼は安心したように長いため息をついたあと、言葉を続けた。

「僕は子供の頃、《死神》って呼ばれてたんだ」

それから、彼は自分の生い立ちをぽつりぽつりと話し始めた。ひとつひとつの言葉を噛《か》み締めるようにしながら。

彼が両親を亡くしたのは、まだ十二歳の時だった。

交通事故だった。彼の両親が乗っていた車は、首都高速で原因不明のスリップを起こし、何回となく横転したあと、防音壁にぶつかって大破した。彼の両親は即死だったらしく、ほとんど苦しまずに死んだらしかった。

両親が死んだ日、彼は修学旅行で長野県の、ある湖畔にいた。両親の訃報《ふほう》が届いた時、彼は湖のまわりをサイクリングしていた。彼の隣では、彼と唯一親しくしてくれていた女の子が、彼の自転車に遅れないように必死にペダルを漕《こ》いでいた。そして、彼らが舗装されていない砂利道に入った時、突然、彼女の自転車のタイヤがスリップし、横倒しになった。砂利道に横たわっている彼女の肘《ひじ》と膝《ひざ》はすり剝《む》け、傷口からは血がにじみ、顔は苦痛で歪《ゆが》んでいた。

彼が倒れた彼女に手を貸そうと自転車から降りた時、後ろのほうで彼を呼ぶ声がした。自転車に乗った担任の教師が、息を切らせながらやって来ていた。

担任の教師は倒れている彼女を見て、大丈夫か、と声を掛けたあと、ひどくバツの悪そうな表情を彼に向けた。

またか。

彼はそう思った。

担任の教師はまともに彼の目を見ないで、彼の両親の事故を告げた。

「先生と一緒に東京に帰るぞ」

うんざりしたような口調だった。

彼は短く頷き、まだ倒れている彼女を見た。彼女は、わたしはだいじょうぶよ、といった感じの笑みを浮かべながら、ゆっくりと立ち上がった。

「ひとりで戻れるか？」

担任の教師の言葉に、彼女はしっかりと頷いた。

来た道を引き返しながら、彼は何度も振り返って彼女を見た。彼女は倒れた場所に立ち尽くし、ずっと彼を見送っていた。彼女の姿はだんだんと小さくなっていき、点になって、やがては背後の風景に溶けた。それが、彼女を見た最後だった。

東京に戻った彼を待っていたのは、もの言わぬ両親の死骸《しがい》と、親戚たちの無数の冷たい眼差《まなざ》しだった。彼は《両親の死》という過酷な現実を突きつけられても、涙を流さなかった。そのことが親戚たちには気に入らなかったのだ。

「僕はもうその頃には馴れっこになっていたんだ」と彼は言った。「それまでに、僕はもう親しい友だちを五人も失くしていたからね」

必然か偶然かは分からなかったけれど、それは彼が十歳の頃に突然始まり、彼と親しくしていた五人の友人たちは、それが当然のように死んでいった。溺死《できし》やら轢死《れきし》やら転落死やらで。そんなわけで、彼は学校や近所でひそかに《死神》と呼ばれていた。

彼と親しくしてはいけない。

そのことは、彼のまわりの人々の不文律だった。

通夜と告別式が終わったあと、その不文律を知らない親戚たちの醜い争いが始まった。

彼の父方の祖父は、ある有名な国語学者で、全国の小学校や中学校や高校で軒並み採用される国語辞典やら学習参考書やらの多くを執筆していた人物だった。祖父が死んだあと、一人息子だった彼の父親は、それらの印税の権利を手に入れた。そして、その権利が今度は彼の手に。ついでに、高級住宅地にある大きな家と、彼が十六歳になったら自由に引き出せる、かなりまとまった額の信託預金も。それらが転がり込んでくる可能性を、親戚たちが見逃すわけがなかった。結局、どういった経緯で決着がついたのかは分からなかったけれど、彼は母方の叔母《おば》に引き取られることになった。彼は黙ってそれに従うしかなかった。

叔母の家に移ってひと月が経った頃、彼は彼と唯一親しくしてくれていた女の子の死を知った。死因は肘や膝から入り込んだ破傷風菌の発作による心臓麻痺《まひ》だった。

彼は久し振りに涙を流した。叔母の家で与えられた小さな部屋で、何時間も泣き続けた。彼女の死が特別悲しかったわけではない。彼女の死は、彼にとって、すでに数ある死の内のひとつでしかなかった。彼は彼の呪われた運命のために泣いた。彼の身近な親しい人々の死が、偶然の積み重ねではなく、彼を中心にして起こっている必然の出来事だということに、やっと気づいたからだ。

「変な言い方かもしれないけど、すごい話だね」と僕は言った。

彼は寂しげな笑みを浮かべた。

「僕が人を飽きさせないで話せる、唯一の話題さ」

彼は呪われた運命に気づいたあとから、まわりの人々と親しくするのを極力避けるようになった。もう誰も死なせたくはなかったからだ。

叔母の家族の目には、そんな彼が恐ろしく扱いにくい子供に映った。彼の叔母は一切の感情を抑え込んでいる彼に手を差し延べようと、色々と手を尽くした。でも、それも叶《かな》わなかった。

「ある日の朝、目を覚ましたら、雪が降ってたんだ」と彼は言った。「春も近い三月なのに、真っ白で、コーンフレークの大きさぐらいあるサラサラの雪が降ってたんだ。地面にはもうかなりの高さで積もってて、見馴れた街の景色が変わっちゃってた。まだ早い時間だったから、外には誰もいなくて、道には足跡もついてなかった。僕はパジャマのまま、外に出た。足跡をつける最初の人間になりたかったんだ。その気持、分かってもらえるだろ？」

僕は笑みを浮かべ、頷いた。

清浄と静寂が支配する白い世界を、彼は小さな足跡をつけながら、歩いた。近所の子供たちが、いつも楽しげな声を上げて遊んでいる空き地に入った。プラスティック製のバットが、壁に立てかけてあるのに気づいた。誰かが忘れていったのだろう。彼はグリップエンドに薄く積もっている雪を払い、バットを手にした。そして、少しの躊躇のあと、バットを振ってみた。バットが起こした風で、雪が不規則な動きを見せながら宙を舞った。青白い朝の光の中で、それはとても美しく見えた。まるで、真っ白い小さな桜の花びらのようだった。彼が二度目にバットを振った時、うしろから彼の名前を呼ぶ声があった。彼は慌ててバットを地面に放り投げ、振り返った。空き地の入り口に、彼のセーターを持って立っている、パジャマ姿の叔母の姿があった。叔母は彼にゆっくりと近づき、微笑みとともにセーターを手渡した。

「たま、投げてあげよっか？」

「え？」

「投げてあげるから打ちなよ、ね？」

叔母は地面にしゃがんで素手で雪をすくい、それを固めて雪のボールを作った。そして、空き地の奥へと歩いていって適当な場所で立ち止まり、振り返って、投げるよー、と言った。叔母が雪のボールを両手で交互に持ち替えていた。叔母の手は雪の冷たさで赤く染まっていた。彼はバットを拾い、構えた。叔母が、行くよー、と言いながら放った球はストライクゾーンを通ったけれど、彼の振ったバットには当たらなかった。当たったのは、五球目のことだった。

彼と叔母は雪の野球をしばらくのあいだ楽しんだあと、一緒に小さな雪だるまを作った。手のひらに乗るほどの大きさの。彼の部屋の窓枠に置かれたその雪だるまは、昼から差し始めた太陽の光で、跡形もなく溶けてしまった。

叔母が死んだのは、その翌日のことだった。二階のベランダから庭に落ち、首の骨を折って、死んでしまった。叔母が横たわる庭の片隅には、まだ溶けずに残っていた昨日の雪が、ひっそりと薄く積もっていた。

葬儀のあと、彼が《死神》だということを何処《どこ》からか聞きつけてきた叔母の家族は、彼が所有している権利を諦《あきら》め、彼を追い出すことにした。

それから十六歳になるまでのあいだ、彼はいくつもの親戚の家を転々とすることになった。どの家に移り住んでも、彼と親しく接しようとした人々が死に、その家を追い出された。


「どうしようもなかったんだよ」と彼は口惜《くや》しそうに言った。「できることなら、僕はひとりで生きていきたかった。そうすれば、誰も死なずにすんだはずなんだ」

「君のせいじゃないよ」と僕は慰めにもならない言葉を口にした。

「ありがとう」と彼は言った。「確かに、僕のせいじゃないかもしれない。けど、そういった一切合財が僕の持って生まれた運命だったんだ。誰かが避けられない理由で僕の人生に入り込んでくる。僕の運命は彼らに冷たい斧《おの》を振り下ろす」

冷たい斧。

僕の運命は、誰かに冷たい斧を振り下ろしたことがあるだろうか？

「運命を信じるかい？」と彼が訊いた。

「分からない」と僕は答えた。「基本的には信じてないよ。というより、信じたくないんだと思う。自分の意志や行動が目に見えないものに操られてるなんて、癪《しゃく》じゃないか。でも、すごく可愛い女の子と出会ったりすると、運命を信じたくなる」

僕たちは短い笑い声を上げた。

「つきあってる女の子はいる？」と彼が訊いた。

僕は首を横に振った。「いないよ。去年の夏までつきあってたけどね」

「別れた原因を訊いてもいいかな？」

「かまわないよ。原因はディズニーランドなんだ」

「ディズニーランドって、あの遊園地の？」

「そう。彼女の妹が夏休みに田舎から出てくるから、一緒にディズニーランドに行こうって言われたけど、断った。それで気まずくなって別れた」

「どうして断ったの？」

「僕はこれまでディズニーランドに行ったことがなくて、これからも行く気はないんだ」

「ディズニーランドに、なんか恨みでもあるのかい？」

「ディズニーランドに個人的な恨みを持ってる人生っていうのも変わっててなんだか惹《ひ》かれるけど、そうじゃなくて、子供の頃から何度か行ける機会があったのに、どういうわけかそのたびになんらかの事情ができて、行けなくなった。そのうちに、これは目に見えない強い力が働いて、俺をディズニーランドに行かせないようにしてるに違いない、って思うようになったんだ」

「それで行かないなら、その《目に見えない強い力》の思うツボじゃないか」

「いや、それは違うよ。僕は自分の意志で行かないことにしたんだ。要するに、初めから行かないつもりでいれば、《目に見えない強い力》は僕を行かないようにすることはできない。なにを言ってるか、分かる？」

彼は微笑みながら、頷いた。「君は本当に変わってるよ」

「要は、依怙地《いこじ》になってるだけなんだけどさ。とにかく、彼女の誘いを断った時、僕はそんなふうに説明した。馬鹿正直に。彼女のことが好きだったからね。そしたら、彼女はものすごく怒った顔で、あなたは世の中を斜めに見たり、人を馬鹿にしてるようなところがある、って」

「そんなふうに取られても仕方がないね」

「確かに。だから、申し訳ないと思って、ディズニーランドはやめて後楽園《こうらくえん》遊園地にしないか、って提案したんだ。彼女は長いため息をついたあと、わたしの家族に会いたくないなら、はっきりそう言えばいいじゃない、って言った」

「それで？」

「なんだかもうめんど臭くなって、君の妹には会いたくない、って言っちゃったんだ。それで、一巻の終わり」

彼は控え目に、クスクスと笑った。僕は続けた。

「そういえば、別れたあとに彼女から手紙が来て、こんなことが書いてあったな。『あなたは孤独な死に方をすると思います。例えば、スキー場で雪崩《なだれ》に遭い、一人寂しく雪の中で凍死するような』って」

彼が楽しそうに、大きな声で笑った。僕は続けた。

「それ以来、スキー場にも行かないことに決めたんだ。だから、僕のタイプは、僕をディズニーランドとスキーに誘わない女の子」

彼の笑い声が止むのを待って、僕は訊いた。

「そっちはどうなんだ？　つきあってる女の子は？」

彼は困ったように、眉間《みけん》に縦皺《たてじわ》を作った。馬鹿な質問だった。うっかり、普通の友人と会話を交わしているつもりになっていたのだ。僕が謝るべきなのかどうか迷っていると、彼が口を開いた。

「僕は中学、高校と友人をひとりも作らなかったし、作れなかった。僕は僕の運命に縛られていたし、それに、不吉な噂は光よりも速く伝わる。僕と同じ学校の出身者がクラスにひとりいれば、翌日には全校に知れ渡ってる。そんなわけで、女の子と手を繋いだことさえなかった」

「いいと思う女の子は？」

「いたよ。僕は至って健康で健全な思春期の男だったからね。余計な運命以外は」

彼はそう言って、照れたように微笑んだ。

その時、僕はふと思った。

彼は僕とこうして話しているいまも、運命という得体の知れないものに縛られているのだろうか。そして、この僕も。

十六歳で《心温まる我が家》に戻ってきた彼は、ひとり暮らしを始めた。

彼は有り余るひとりの時間の多くを、祖父の書斎で過ごした。書斎には世界の文学全集を初めとする多くの書物が本棚に並び、別の棚には膨大なクラシック・レコードのコレクションが並んでいた。メルヴィル、フォークナー、シェイクスピア、ロレンス、呉承恩《ごしょうおん》、リルケ、バルザック、フローベール、ボルヘス、トルストイ、チェーホフ……。彼はロシア文学を気に入り、特に、プーシキンの作品を好んで読んだ。バッハ、モーツァルト、ブラームス、ショスタコーヴィチ、ブルックナー、ドビュッシー、ドヴォルザーク……。彼は弦楽を基調としたものを気に入り、特に、リヒャルト・シュトラウスを好んで聴いた。

高校卒業を前にして、彼は進路について決めなくてはならなかった。彼は大学に行くことにした。生活のための、大学卒という肩書きは必要ではなかった。彼の銀行口座には、使い切れないほどの額の金が眠っていたからだ。ただ、彼は行き場が欲しかった。一日中、博物館の中にいるのだけは嫌だった。冷たくて、使い様がなくて、手に触れられないものになるのが怖かったのだ。それに、祖父の書斎にある本は、すべて読み尽くしてしまった。本棚の片隅にあった、医学事典さえも。

そして、大学に入学して三年が経った、ある日のことだった。

　大学で、彼はある女の子と出会った。

「彼女は突然、僕の人生に飛び込んできたんだ」と彼は言った。「比喩《ひゆ》じゃなくて、文字通り、飛び込んできたんだ」

　大学三年の後期試験が始まる一週間前、彼が図書館に向かって校舎の中を歩き、階段を上がろうと、一段目に足を掛けた時、上のほうから、キャッという短い叫び声が聞こえた。声のしたほうに彼が視線を向けると、両手を広げて、まるで空を飛んでいるみたいに階段から落ちてきている女の子の姿が視界に飛び込んできた。彼は彼女が落ちてくる方向に素早く足を踏み出し、咄嗟《とっさ》に抱えていた教科書やノートを手から放り出して両手を広げた。すべてがそうなると決まっていたかのように、彼は彼女をしっかりと受け止め、そして、彼女は彼の胸の中にすっぽりと収まった。突然の一連の出来事に驚き、二人は抱き合ったまま、少しのあいだ立ち尽くした。胸がぴったりと合わさっていたので、お互いの鼓動が速く打っているのが伝わってきた。彼女が、ふう、と息をついたあと、彼の肩に頬を載せ、助かったあ、とつぶやいた。彼は彼女の頬の柔らかさと温かさに恐怖を感じ、慌てて身体を離した。彼女は驚いたように目を少しだけ広げて、彼を見た。その時、彼は初めて彼女の顔をしっかりと見つめた。

「彼女は、僕が知ってる誰にも似てなかった」と彼は言った。「それに、僕がこれまで見てきた女の子の中で、一番綺麗だった」

「要するに、タイプだったんだろ？」

彼は伏し目がちに微笑み、小さく頷いたあと、彼女の話を続けた。そして、僕は、実はふたりを結びつけたのには、間接的に僕が関わっていたのを知った。

こんな感じで――。

「急いでたから、足を踏み外しちゃったの」と彼女は微笑みながら、言った。「でも、階段から落ちたのなんて、生まれて初めて」

彼は彼女の微笑みを直視できず、視線を足下に向けた。自分が落とした刑法の教科書とノートのコピーが目に入った。数十枚のコピー紙が、床に散らばっていた。しゃがんで拾い始めたのは、彼女のほうが先だった。お互いに手分けをして拾い終えた時、手にしているコピーを見ながら、彼女が言った。

「このノート、よくまとまってるね。わたしも同じ谷村教授の講義を取ってるの」

彼女が視線を上げた。何かを訴えかけるような眼差しだった。彼はまた視線を足下に落とした。

《人の視線に応えてはいけない》

彼の長いあいだの『掟』だった。それが、親しいものに変わるようなものなら、特に。

「もしよかったら、コピーさせてくれない？」

彼は小さく頷き、かまわないよ、と言った。

「ようやく声が聞けた」

彼は視線を上げた。さっきよりも深まった微笑みが待っていた。彼はもう視線を下ろさなかった。

彼は持っていたコピーの束を彼女に渡した。彼女はひとつにまとめたコピーの束の端をぱらぱらとめくりながら、かなり量があるね、とつぶやき、彼の目を覗き込んだ。

「いま、友だちを待たせてて急いでるの。あした、学校に来る？」

彼はすぐに頷いた。「毎日来てる」

彼女がくすぐったそうに、クスクスと笑った。「真面目なのね」

「そんなことないと思うけど」

彼女がまた、クスクスと笑った。「それじゃ、あした、またこの時間にこの場所で落ち合うってのはどう？」

彼は頷いた。二人で時間を確認し合った。午後五時二十二分。彼女が思い出したように言った。

「電話番号を教えて。わたしがＣＩＡに拉致《らち》されて来れなかった時のために」

彼が戸惑いの表情を彼女に向けると、彼女は、ひどく恥ずかしそうに頬を赤く染め、一応冗談なんだけど、と消え入るような声でつぶやいた。彼は、ごめん、とつぶやき、コピーの束から一枚目を抜き取って、右上の端っこに電話番号を書いた。

「それじゃ、あしたね」

彼女は彼に向かって小さく手を振ったあと、校舎の出口に向かって駆け出したけれど、すぐに足を止めて振り返った。

「忘れてた」彼女は眩《まぶ》しいものでも見るように彼を見ながら、言葉を続けた。「助けてくれて、ありがとう」

「僕の目には」と彼は言った。「彼女はあらゆる約束事から解放されてるように見えたんだ。重力とかしきたりとか、それに運命といったような目に見えないものすべてからね」

翌日。午後五時三十二分。

彼女は約束の場所に現れなかった。

彼女から電話がかかってきたのは、その翌日の夜のことだった。

「ごめんなさい」彼女は、ひどくすまなそうな声で言った。「信じてもらえないかもしれないけど」

「どうした？」

「昨日の朝、すごく可愛がってるいとこの女の子がハチに刺されちゃって、病院に担ぎ込まれたの。忘れちゃったけど、なんとかっていうアレルギーの症状が出て——」

「アナフィラキシーショック？」

「そう、それ！　でも、どうして知ってるの？」

「……たまたまだよ」

「そうなんだ。でも、よくベロを嚙まないで言えたね」

「で、その子はどうなったの？」

「早めの手当てで命に別状はなかったんだけど、病院のベッドでわたしに会いたいって泣き出したらしくて、急遽《きゅうきょ》わたしが呼ばれたってわけ。それで、いとこのいる長野までひとっ飛び。実際には電車で行ったけど、そんな気持で駆けつけて、ついさっき帰ってきたの。ごめんね、慌ててたから電話番号を手帳に控えるのを忘れちゃって、電話ができなくて」

長野？　ただの偶然なのだろうか。それとも、必然？

彼は戸惑いながらも、会話を続けた。

「別にかまわないよ。それより……」

「なに？」

「この前、大事なことを聞き忘れた」

「大事なこと？」

「君の名前――。君の名前を聞いてなかった」

沈黙。

「それが大事なこと？」

「うん……。おとといからずっと気になってたんだ」

沈黙。

「もしかして、あなたって遊び人？」

「そんなことないと思うけど……」

「民法第一条の二項は？」

「え？」

「民法第一条の二項、分かる？」

「信義則、だったっけ」

沈黙。

「あなたの家にはどうやって行ったらいいの？」

「どうして？」

「いまからノートを届けに行くわ」

「僕は駅の改札口で彼女を待った。ひどく寒い夜だった。彼女を待ってるあいだ、僕はずっと震えてた。寒かったせいもあるけど、それだけじゃない。僕は怖かったんだ。僕は彼女が僕の人生に入ってくるのを拒絶できたはずだった。でも、そうしなかった。そのことを考えると、震えが止まらなかった」

僕は凍《い》てついた夜の闇の中で、鋭利な光を湛《たた》えている冷たい斧のことを想像した。初めての激しい感情に震えている男のまわりを不気味に漂う冷たい斧――。

僕は彼に気づかれないように、そっとため息をついた。

「彼女が僕の視界に飛び込んできた時、ようやく震えが止まった。彼女は小走りで僕のところへやってきた。そして、息を整えながら、柔らかく微笑んで、ノートを差し出した――」

ノートを受け取った彼は、わざわざありがとう、と言った。彼女は小さく頷き、彼の次の言葉を待った。でも、彼は言葉を継げなかった。そこまでが、その日の彼の精一杯だった。

彼女は、遅いから帰るね、と言ったあと、彼が持っているノートのコピー紙に電話番号を書いた。彼の電話番号の隣に寄り添うように、彼女のものが記されていた。

「電話してね」

彼はしっかりと頷いた。

翌日から、彼の家の電話は彼女との通話専用になった。彼は冷たい博物館の中で、温かい会話を楽しんだ。ある試験の前の晩、ふたりは夜が明けるまで話し込んでしまった。そのせいで、彼は初めて単位を落とした。もちろん、刑法。

「訊きたいことがあるんだ」と彼は言った。

「なに？」

「どうして民法第一条の二項のことなんか訊いたの？」

受話器を通して、彼女の柔らかい笑い声が耳に響いた。

「気に入った男の子には必ず訊くようにしてるの。答えられなくちゃ、その男の子はダメ。つまり、足切りの基準点のようなものよ」

「でも、どうして第一条の二項？」

「そこらへんが一番適当な感じがしない？　難しくもなく易しくもなく、バカでもなく頭が良すぎるでもなく。そんな感じが。それに、法学部の学生であるわたしが、唯一ちゃんとおぼえてる条文だから」

　ふたりは同時に笑った。

「他の学部の学生の場合は？」と彼は訊いた。

「そこらへんは臨機応変よ。でも、いままで気に入った男の子の中に他の学部の男の子はいなかったな、不思議と」

　自分のどこを気に入ったのだろう？

　彼はふとそう思ったけれど、その問いを口にする勇気はなかった。その代わりに、彼は言った。

「君は変わってるよ」

「ありがとう。褒め言葉として受け取っておくわ」と彼女は言った。「ところで、ご両親はどんな方たちなの？」

　彼は少し迷って、言った。「ごく普通の人たちだよ」

　彼は自分の生い立ちの話になると、すぐに話題を逸《そ》らした。彼女の詳しい生い立ちも訊かなかった。彼は彼女に強く惹《ひ》かれながらも、彼女とのあいだにある種の境界線を引いていた。冷たい斧がかろうじて届かない距離の。

しかし、時が経つにつれ、ふたりはその距離に苛立《いらだ》たしいものを感じ始めた。ふたりは電話線を通してでしか、感情を通い合わせていなかった。いつでも会える距離にいながら、いっこうに縮まらない距離。どちらかが先に一歩を踏み出せば、すぐに触れ合うことのできる距離。

そして、先に一歩を踏み出したのは彼女のほうだった。

「僕はそれまで、運命には逆らってはいけないものだと思ってたんだ。イエスとかノーとか、そんな身勝手な選択が許されるものじゃなくて、あらかじめ答えが用意されているもので、それに従うものだと思ってたんだ」

彼はそこまで言って、短いため息をついた。僕は彼の言葉を待った。

「その日まで、僕はそう思ってた。初めて彼女の手が僕の手に触れたその日の夜まで――」

「いま、駅にいるの。迎えに来て」

「いきなり、どうしたんだ？」

「近くまで来たから」

「……困るよ」

「何が？　何が困るの？」

「………」

「わたしと一緒にいるのを見られたら恥ずかしい？」

「そんなんじゃないよ、絶対」

「それじゃ、どうして？　この前みたいに迎えに来てくれればいいのよ」

「この前とは違うんだ」

「どう違うの？」

「……これ以上僕に関わると危険だよ」

「何言ってるの？　お願いだから、実は僕は殺し屋なんだ、なんて言い出さないでね。迷惑だったらきちんとそう言って。いますぐ電話を切って、家に帰るから」

「……ねえ、君に話してないことがたくさんあるんだ」

「わたしだってあるわ」

「どんなこと？」

「来てくれたら話す」

「………」

「とにかく、会って話がしたいのよ……。来てくれるまでずっと待ってるから」

電話が切れた。

彼は受話器を持ったまま、歩いて数分の距離にいる彼女のことを思った。

会いたかった。

彼女がどこにいようが関係なかった。彼女のことを考えない日はなかった。朝も昼も夜も、彼女がどこにいて、何をしているかだけを考えていた。彼女の存在だけが、彼の癒《いや》し切れない孤独を埋めていた。

彼は受話器を置き、家を出た。晩春の夕暮れの中を足早に歩いた。気がつくと、必死に走っていた。

彼女は駅の入り口の脇にある、電話ボックスのそばで、うつむき加減に立っていた。彼女の姿を見つけた時、彼は足を止めた。彼女に辿《たど》り着くには、あと数十歩の距離を埋めなくてはならない。彼は目の前に敷かれた駅に通じる道を眺め、ふと、おかしみをおぼえた。これまで数え切れないほど歩いた道だった。なんの恐れもなく、ただ坦々《たんたん》と歩いてきた道だった。それなのに、彼女が道の先にいるだけで恐れを感じ、一歩を踏み出せずにいる。突然、彼は大声を上げて泣きたいような孤独感に襲われた。彼女が道の先にいることの恐れより、いないことの恐れに気づいてしまったのだ。うつむいていた彼女が、ゆっくりと顔を上げた。彼の泣き声が聞こえたのかもしれない。彼女は彼の姿に気づき、少しだけ強張った笑みを浮かべたあと、右の手のひらを彼に向け、小さく振った。彼女が呼んでいた。彼女以外に求めるものは、なかった。

彼は境界線を踏み越えた。

「とても素晴らしい夜だったんだ」と彼は言った。「僕と彼女は三階のベランダに並んで座って、手を握りながら遠くに見える街灯りを眺めていた。分かってもらえるかな、本当に素晴らしい夜だったんだ」

僕は、しっかりと頷いた。

彼はすべてを彼女に話した。彼女は時々、彼の手を強く握り返しながら話を聞いていた。

ひととおりの話が終わった時、彼女が彼の肩に頭を載せた。心地良い風が吹き、彼女の柔らかい髪がなびいて彼の頬を撫《な》でた。

「月の引力が潮の満ち引きに作用してるのを知ったのは、まだ十二歳の時だった」と彼はひとり言のように言った。「その頃、僕は父方の叔母さんの家に住んでて、その家の僕と同い年の子供が毎月購読してた科学の学習雑誌でそのことを読んだんだ。月が大きくて広い海の潮流を支配してるというのを読んで、僕はすごく驚いた。僕はそれまで、月はただ夜空にぽっかりと浮かんで、暗い夜道を照らすためだけに存在してると思ってたんだ」

「わたしはそんなことさえ思わなかったわ」と彼女が笑いながら、言った。

「もっと僕が驚いたのは、その雑誌に、『狼男が月を見て変身するのも月の神秘的な力のせいかもしれませんね』なんて非科学的なことまで書いてあったことなんだ。そして、僕はその文章を読んだ日から、毎晩部屋の窓を開け放って月光浴を始めた」

「どうして？」

「笑われるかもしれないけど、月が潮流を支配できるなら、狼男を変身させることができるなら、ちっぽけな僕の運命なんていとも簡単に変えることができるはずだって信じたんだ」

彼女が彼の手を強く握った。

「そんなわけで僕は十二歳から十六歳までのあいだ、どの家に移り住んでも月が出てる夜はそれがどんなに寒い晩でも、一晩も欠かさずに月光浴を続けた」彼はそこまで言って、小さく笑った。「いまから考えると、ちょっと恥ずかしいけどね。月が運命を変えられるって信じてた無邪気さがね。でも、その頃はかなり真剣だった。結局、そんな甲斐《かい》もなくて最後の親戚の家を追い出された時から、僕はまったく夜空を見上げなくなった。そして、月はもとのとおり、暗い夜道を照らすだけの街灯に戻った」

彼女は彼の肩から頭を離して、夜空を見上げた。

「月が綺麗ね」

とても優しい声だった。彼も彼女の視線を追った。

「運命のことなんてよく分からないけど」と彼女は言った。「いつも考えてることがあるの」

「なに？」

「あのね、うまく伝わるかどうか分からないけど」と彼女は言って、顎《あご》を下ろし、彼の横顔を見つめた。「いくら親しい人がいたとしても、会わなくなったらその人は死んじゃうのよ」

彼も月から視線を戻し、彼女を見つめた。

「人はみんな死んじゃうでしょ？　だから、会わなくなった人は死んじゃうのとおんなじなのよ。たとえ思い出の中で生きていてもね、いつの間にか死んじゃってるのよ」彼女は苛立たしそうに唇を噛んだ。「どうしてこんなに言葉が足りないんだろ。大切なことを伝えたい時には、いつも小学生の時より言葉が足りなくなるわ」

「分かる気がする」

彼はそう言って、笑いながら頷いた。彼女は笑みが消えるまで彼の顔を見つめたあと、視線を遠くの街灯りに向け、とても小さなため息をついた。

「どうした？」と彼は訊いた。

「時々、この世界が怖くなるの」と彼女は独り言のように言った。「この世界ではなんでも起こりうるじゃない。例えば、いまあなたとこうやって手を繋いでるけど、手を離して別れたら、もう二度とめぐり会えない可能性だってあるわけでしょ？」

「帰り道にＣＩＡに拉致されたりして？」

彼女は薄く微笑みながら、空いているほうの手で彼の肩に優しくパンチをした。

「とにかく、わたしが言いたいのはね、好きな人とは会い続けなくちゃいけないってことなの。どんなことがあっても」と彼女は言葉の意味を噛み締めるように、はっきりとした声で言った。「なんとか伝わった？」

彼は彼女の手を壊れるぐらい強く握り締めたあと、しっかりと繋がっているふたりの手を月に向かって持ち上げた。

「つまり、こういうことだろ？」

彼女が嬉しそうに微笑んだ。彼は微笑みを返して、訊いた。

「ところで、僕に話してないことってなに？」

彼女の顔から笑みが消え、バツの悪そうな表情が浮かんだ。

「怒らないでね」

「うん」

「実はね、刑法のノートのコピー、同じものを持ってたの」

「それじゃ、どうして？」

「あなたにまた会うためには、どうすればいいか分からなかったのよ。だから、とっさに借りることにしたの」

「どうして嘘をついてまで会いたいなんて思ったんだ？」

「誤解しないでね、別に一目惚《ぼ》れしたわけじゃないのよ」と彼女は悪戯《いたずら》っぽく言った。

「それは分かってる」

「なによ、もっと自信を持ちなさいよ」

「心がけるよ」

彼女はクスクスと笑って、言った。

「想像してみて。もし自分が生まれて初めて階段を踏み外して落ちてる時、視界に自分を助けようと手を広げて待ち構えてる人の姿が飛び込んできたら、って。想像はできるでしょ？　でも、実際には起きないのよ、そんなこと。たいていはそのまま転げ落ちて痛い思いをしたり、人の目が気になってみじめな思いをすることになるのよ、きっと。でも、あの時には起きたのよ。それを奇跡とか運命とか、どうやって呼んでもらってもかまわないけど、わたしはそれを信じることにしたの。だから、あなたには会い続けなくちゃいけないって思ったのよ。それに、信義則のこともちゃんと知ってたし」

ふたりは短く笑い、見つめ合った。彼女の唇が小さく震えた。

少し寒いね……。

うん……。

ふたりは月明かりに浮かんでいるお互いの唇の位置を確かめ合いながら、ゆっくりと顔を近づけていった。やがて、ふたりの唇は囁《ささや》き合えるほどの距離に縮まり、優しく重なった。役目を終えた月は雲に隠れ、ふたりの姿は闇に深く溶け込んだ。

「すごい女の子だね」と僕は言った。

彼はかすかに微笑みながら、言った。「僕は会わないことより、会い続けるほうを選んだ。彼女は僕にとって何よりも強い存在だった。いや、存在なんて言葉じゃ足りないな。なんて言えばいいんだろう……」

言葉にする必要はなかった。大切な事柄はひどく脆《もろ》い氷の像のようなもので、言葉はノミみたいなものだ。よく見せようとノミを打っているうちに、氷の像は段々と痩《や》せ細り、いつの間にか砕けてしまう。本当に大切な事柄は、言葉にしてはいけないのだ。身体という容《い》れものの中でひっそりと眠らせておかなくてはならない。そう、最期の炎に焼かれるまで。その時になって、氷の像は一番綺麗な姿を見せながら、身体とともにゆっくりと溶けていくのだろう。

ふたりは徐々に、けれど、確実にお互いにとって掛替えのない存在になっていった。会えない日には必ず電話で会話を交わし、たわいのない毎日の変化を報告し合って、とても大切な事柄に変えていった。

夏が始まりを告げる前に彼女の就職が決まり、彼は就職を諦めた。誰かと一緒に働くなんて、考えられなかった。彼は彼女の勧めで法学部から文学部に籍を移し、これから先の二年間を文学や音楽の勉強に費やすことにした。そして、夏が始まりを告げた頃、彼が転部試験に合格し、ふたりは心置きなく夏を楽しめることになった。

彼女の友人が神奈川の三浦《みうら》市に別荘を持っていて、それを五日間だけ借りられることになり、ふたりはそこへ向かった。彼女の運転する車で。彼は電車で行こうと言い張ったけれど、彼女は耳を貸さなかった。

「あなたの運命が勝つか、わたしのドライブテクが勝つかね」

そう言って不敵に笑う彼女を見て、彼はため息をついた。

結局、彼女のドライブテクが勝利を収め、ふたりは快適なドライブを楽しんだ。

別荘は、車がため息をつくほど長い坂を上り切った高台にあり、眼下には小さな入り江、その先に広大な相模《さがみ》湾が見渡せた。

別荘に着いてすぐ、ふたりはバルコニーに肩を寄せ合って座り、入り江から相模湾に出て行く漁船を眺めた。陽が落ち始める頃から、何艘《そう》もの漁船が相模湾に現れた。ふたりはその中のいくつかに勝手に名前をつけ、行く先も決めた。ハワイ、ノルウェイ、スペイン、アルゼンチン。ノルウェイに行くはずの『朝日丸』が入り江に戻ってきてしまい、ふたりは真剣に残念がったあと、夕食の支度のために腰を上げた。

ふたりで作ったささやかな夕食を食べ終わり、ふたりはまたバルコニーに出た。彼女が、わあ、という驚きの声を上げた。夜の海に無数の漁火《いさりび》が浮かび、キラキラと輝いていた。まるで、黒のビロードの上に載っている、無数の真珠のようだった。

ふたりは、夜が明け始め、真珠がただの漁船に戻る頃まで海を眺め、ベッドに入った。彼は彼女の胸に顔を埋めるようにし、彼女の心臓の音を聞きながら眠った。彼女は彼が眠りに落ちるまで、彼の頭を優しく撫でていた。

ほとんど何もせず、お互いを慈しみ合うだけの五日間があっという間に過ぎた。ふたりは東京に戻る前に入り江に下りて行き、小さな砂浜を見つけ、海に素足を浸した。

「思い出せないんだ」と彼は言った。「最後に海に来たのがいつなのか」

彼女は優しい手の動きで彼の頬に触れながら、あなたの記憶はつい最近始まったばかりなのよ、と言った。生まれ立ての赤ん坊みたいにね。

彼は、彼の頰に触れていた彼女の手を握った。彼女は手を握り返し、空の青に溶けてしまうような穏やかな笑みを浮かべたあと、彼の耳元に頰を寄せ、ある言葉をつぶやいた。彼は彼女を抱き寄せ、彼女の言葉に何度も頷いた。ふたりはしばらくのあいだ抱き合ったまま波の音に耳を傾け、砂浜に名残を留《とど》めながら、東京に戻った。もちろん、彼女の運転する車で。

「僕たちは夏のあいだ、ほとんど毎日会ってた。彼女はこの家にもよく遊びに来て、いま君が座ってるソファでよくうたた寝をしてたよ。祖父の書斎から本を持ち出して読み始めるんだけど、ぜんぜん続かなくて、すぐに寝ちゃうんだ。僕はここに座って彼女の寝顔を時々眺めながら、本を読んだ。それはとても素晴らしい時間だった」

彼はそこまで言って、僕が座っているソファに虚《うつ》ろな視線を注いだ。彼は続けた。

「あんなに夏が早く過ぎていくものだなんて、僕は去年の夏に初めて知ったよ」

秋が深まり始めた頃、突然彼女からの連絡が途絶えた。

彼は不吉な予感に囚《とら》われた。忘れていた冷たい斧の存在が、再び彼の目の前をちらつくようになった。彼女の家に電話をかけようと何度も受話器を握ったけれど、怖くて番号を押すことができなかった。彼は不安と恐怖を拭《ぬぐ》い去るために、彼女の心変わりを考えた。それはひどく辛《つら》かったけれど、そんなことはどうでもよかった。彼女が生きてさえいればよかった。

連絡が途絶えて一週間目のことだった。

夜中に電話のベルが鳴り出した時、彼は少しの躊躇のあと、受話器を取った。

「もしもし」

彼女の声だった。彼は深く息をついた。

「どうしてた？　なにかあった？」

「うん、ちょっと」

「どうした？」

「ひどい貧血で倒れちゃって」

「それで？」

「たいしたことないんだけど、お母さんがすごく心配しちゃってね、精密検査を受けるために入院してるの。今日で入院三日目」

彼は言葉を継げなかった。束の間、耳に痛いような沈黙が電話線を満たした。

「心配しないで、たいしたことないから。すぐに退院できるみたいだし」と彼女は陽気な声で言った。「それでね、お願いがあるんだけど」

「……なに？」

「もしよかったらお見舞いに来てくれないかな。毎日ベッドに横になってるばっかりで暇なのよ。あんまり暇だから、このまえ借りていった『ボヴァリー夫人』を読んでるんだけど、つまらなくてぜんぜん進まないの。あなたは『ボヴァリー夫人』、好き？」

沈黙。

「ねえ、好きなの嫌いなの……。答えてよ……」

「本当に」と彼は消え入るような声で、言った。「本当にただの貧血なのかい？」

「あのね」と彼女はきっぱりとした声で言った。「わたしがすぐに連絡しなかったのは、あなたがそういうふうに変に気をまわすと思ったからなの。でも、大丈夫よ。間違いなくただの貧血だし、それに、わたしは生命力が強いから」

　生命力？

　それはいったいどんなものなのだろう？

　その時の彼に信じられるものは、目に見えて、手に触れられるものだけだった。そして、その時の彼の目には、冷たい斧の輪郭がはっきりと見えていた。

「退院してから会おう」と彼は言った。

「え？」

「たしかに変に気をまわし過ぎかもしれないけど、いま君に会うのは控えたほうがいいと思うんだ」

また、耳に痛い沈黙。彼は辛抱強く彼女の返事を待ったけれど、耐え切れず、言葉を継いだ。

「知ってるだろ？　僕はいままで何人もの人を死なせてきたんだ。殺したって言ってもいい。だけど、君だけは殺したくないんだ」

彼女の重いため息が聞こえた。暗い淵《ふち》の底から壁を伝い、ゆっくりと這《は》い上がってきたような。

「ずるいわ」と彼女は言った。「あなたはそんなことを言って、もうわたしを殺しちゃってるのよ。おかしな考えに縛られて、わたしを殺そうとしてるのよ」

「…………」

「ねえ、あの時、どうして階段でわたしを助けたの？　こんなふうにまた突き放すため？」

「…………」

「いま、病院のロビーから電話をかけてるの。すごく暗いの。まるで真っ黒な宝石に閉じ込められたみたい……」

彼は祈るように目を閉じて、彼女の次の言葉を待った。彼もまた、彼女と同じ真っ黒な宝石の中にいた。遠くのほうから、彼女の消え入るような声が、聞こえてきた。

「会いに来て。お願い。手を握ってて」

「僕がしなければならないことはひとつしかなかった。たったひとつだ。彼女に会いに行くこと。それは彼女が望んだことだけれど、僕のすべてでもあった。僕は生まれて初めて自分の運命にはっきりとノーを突きつけた。だって、すべてを失ってまでイエスを言い続けるわけにはいかないだろう？」

彼は毎日、彼女に会いに行った。

病院は、ゆるい勾配《こうばい》の坂を二百メートルほどのぼった高台にあった。病院の前の道は桜並木になっていて、春には美しい薄紅色の花で病院までの殺風景な道のりを彩るはずだった。

冬が始まる頃から、彼女の髪は定期的に投与されている薬の副作用で抜け落ち始めた。彼女の身体は何度もメスで切り刻まれ、真っ白な肌に黒い傷跡を残した。

彼のいるほとんどの時間、彼女は常に腕に繋がれて流し込まれている点滴のせいで、混濁した意識の中を浮遊していた。時折、焦点の合っていない目を四方に泳がせ、そばにいるはずの彼を探した。そんな時、彼は彼女の痩せ細った手を壊れるほど強く握り締めた。そのたびに、彼女は安心したように小さく息をついた。

「あなたのせいじゃないのよ」

ある日、彼女がそう言った。

「きっと、わたしが弱かっただけなのよ」

「君は僕が知ってる誰よりも強い」と彼は手を握り締めながら、言った。

「ありがとう。わたしはね、強い人間になりたかったの」と彼女は薄い笑みを浮かべて、言った。「どんなことがあっても好きな人を守ってあげられるような人間にね。好きな人が哀しんでたら、そんなのたいしたことないのよ、だってわたしがいるじゃない、って言ってあげられるほど強くなりたかったの」

「いまだってそうじゃないか」

「そう思う？」

「保証する」

彼女はとても穏やかに微笑み、言った。

「ねえ、刑法の試験、がんばってね」

「どうした、いきなり？」

「なんとなく頭に浮かんだの」

「大丈夫、Aを保証する」

「絶対よ」

彼女はそう言ったあと、ねえ、と小さな声でつぶやき、彼に手招きをした。彼は彼女の唇に耳をゆっくりと近づけた。彼女が、夏にふたりの砂浜でつぶやいた言葉を、またつぶやいた。彼は耳を離して、彼女の目を覗き込み、しっかりと頷いた。そして、彼女の紫色をした唇を親指で何度か優しくなぞり、自分の唇を寄せ、彼女との最後のキスを交わした。

彼女が死んだのは、十二月に入ったばかりの、ひどく寒い朝のことだった。

彼女の意識が完全に途絶えるまで、彼は彼女の手をずっと握り締めていた。彼女が何処かへ運び去られてしまうと、彼は彼女の手を握っていた右手を、かたく握ったまま病院を出て、家に帰った。

家に着き、ベランダに出て、寒さに震えている街並みをしばらく眺めたあと、視線を握ったままの右手に移した。そして、ひとつひとつの指をゆっくりと開いていった。かすかに残っていた彼女のぬくもりが、冷たい大気にあっという間に吸い込まれていった。もう一度、手を握り締めた。もう、彼の手の中には何もなかった。

彼は自分の部屋に行き、ベッドに腰掛けて、泣いた。身体に残っていた最後の涙が流れた時、彼はベッドに横たわり、眠りについた。

彼は冷たい博物館の中で、ひっそりと眠り続けた。

「彼女がいなくなったからって、すべてが終わりなわけじゃないことは分かってるんだ」と彼は言った。「でも……」

僕は毎日の生活のことを思った。かわり映えもなく、うすのろに流れていく膨大な時間の積み重ね。何か大切なものを得られると信じていなければ、間違いなくその重さに押し潰《つぶ》されてしまうはずだ。でも、ようやく得た大切なものを失ったその時は、いったいどうすればいいのだろう？ 彼はその答えを知っているはずだけれど、僕は訊くことができなかった。怖かったのだ。

「変なふうに思われるかもしれないけど、僕はいま幸せなんだ」彼は僕の顔をしっかりと見つめながら、言った。「僕の記憶は彼女のことだけでいっぱいなんだ。僕をたまごみたいにふたつに割ったら、彼女の記憶だけが溢《あふ》れ出すはずだよ」

僕は黙ったまま頷いた。彼は薄く微笑み、続けた。

「それに、彼女が死んだのは僕のせいなんだ。僕以外には、誰も彼女を死なせることはできなかった。そう、僕だけが彼女を殺せたんだ」

僕は少しためらったあと、彼の言葉に頷き、訊いた。

「今日の試験、どうだった？」

彼はにっこりと笑い、「きっと、Aだと思うよ」

それから僕は彼の祖父の書斎に案内され、リヒャルト・シュトラウスの音楽を聴いた。『変容』と『四つの最後の歌』。それらは、とても素晴らしい作品だった。うまくは言えないけれど、クラシック音楽を聴き慣れない僕の耳にもきちんと響いて、身体の奥にまで沁《し》み込んでくるような、そんな旋律を持つ曲だった。

帰り際に、彼にそのふたつの作品が入ったLPレコードと、プーシキンの『エヴゲーニイ・オネーギン』をプレゼントされた。僕が固辞しても、彼は微笑みながら、君にもらって欲しいんだ、と言って、僕の言葉に耳を貸さなかった。結局、僕はレコードと本をもらうことにして、彼に礼を言った。

僕たちが家の外に出た時、街は真っ黒な闇にすっぽりと覆われていた。

「卒業式の日に、会おう」と僕は言った。

彼は曖昧に頷き、言った。

「今日は本当にありがとう」

お互いに、じゃあ、と言い合い、僕は家の前を離れようと彼に背を向けたけれど、すぐに振り返って、彼に言った。

「もし小説を書き続けるようなことがあったら、今日の話を書いてもいいかな?」

彼は照れたように微笑み、短く頷いた。

僕は彼と最初で最後の握手を交わし、家の前を離れた。曲がり角に辿り着くまでのあいだ、何度か彼の家を振り返った。彼は門の前に立ち、ずっと僕を見送っていた。

乏しい街灯の光が彼の姿を、ぼんやりと浮かび上がらせていたけれど、僕の歩が進むにつれ、徐々にぼやけていき、やがて闇に埋没した。ただ冷たい博物館だけが、闇の中でその存在を際立たせていた。

駅に通じる一本道に出た時、僕はふと足を止めて、夜空を見上げた。役立たずの月が、あてもなくぽっかりと浮かんでいた。僕は月を見上げながら、駅までの道を歩いた。そして、駅に着き、改札を抜け、ホームに通じている長い階段を下りている時、どういうわけか足を踏み外した。胸の前で抱えていたレコードと本を放り出して手をつくべきだったけれど、僕はそうしなかった。そうしてはいけない気がしたのだ。そんなわけで、僕は引力の法則に忠実に従い、レコードと本をしっかりと抱えたまま、頭から階段を転げ落ちていった。自分で言うのもなんだけれど、本当にひどい落ち方だった。額から血を流す程度の怪我で済んだのが不思議だった。

僕は人気《ひとけ》のないホームの端に仰向《あおむ》けに横たわり、しばらくのあいだ、ホームの天井をぼんやりと見つめながら痛みが薄れていくのを待ったあと、低い声を上げて笑った。僕には、僕の身体を受け止めてくれる人はいなかった。人は、自分に見合ったものを得るようにしかできていないのだ。きっと。

僕は上半身を起こして、抱えたままのレコードと本を胸の前から離した。レコードのジャケットが真ん中のところで小さく折れていたので、中身を確かめると、レコードが半分に割れていた。レコードのセンターラベルには、《UNbreakable》という品質保証の文字が印刷されているというのに。

僕は小さくため息をついた。レコードと本をホームに置き、額に手を当てて傷の具合を確かめていると、若い駅員が駆け寄ってきて、大丈夫ですか、と尋ねた。

「大丈夫です」と僕は言った。「僕はハードボイルド小説の愛読者なんで、階段のうまい転げ落ち方を知ってますから」

若い駅員は怪《け》訝《げん》な表情を浮かべ、それが一番の得策と判断したのか、何事もなかったように僕のそばを離れていった。相変わらずホームに座り込んだままの僕の横を、一組の男女のカップルが通り過ぎた。彼らは、僕をたちの悪い酔っ払いでも見るような目で見ていた。かまうもんか。

僕はまたおかしくなって、笑った。

どの力が僕に作用したのだろう？　彼の運命？　僕の運命？　まだ出会わぬ誰かの運命？　それとも、月の力？

どれにせよ、うすのろな時の力に支配されるよりはましな気がした。

僕はレコードと本を左の脇に抱え、ゆっくりと立ち上がった。ふと、血で汚れている右手の手のひらを見た。

もし、本当に運命というものが存在するなら——

僕は思った。

そいつはいつか僕に大切なものを与えたあと、またそれを容赦なく奪い去っていくのだろうか？　それとも、もうすでに？

僕は握りかけた右手を、ゆっくりともとに戻した。

＊　＊　＊

あの日を最後に、彼に会うことはなかった。

『エヴゲーニイ・オネーギン』は、まだ読んでいない。割れたレコードはまだ手元にある。

そして、僕はまだ生きている。

僕は卒業式に出なかった。そもそも式と名の付くものが嫌いで、行くのが億劫《おっくう》だったこともあるけれど、正直なことを言えば、寝坊をして式に間に合わなかったのだ。

あとになって、語学のクラスの何人かから彼に関する不幸な噂を聞いた。でも、僕は信じなかった。たしかに、不幸で不吉な噂は光よりも速く伝わるかもしれないが、また、光のように屈折したり、歪曲《わいきょく》されたりもするからだ。自分の目で確かめようと、何度か彼の家に行くことを考えたけれど、そのたびに意味がないような気がして、行かなかった。これからも行くことはないだろう。

時々、僕は彼のことを思い出す。そして、そのたびに初めて真剣に好きになった彼女のことを思い出し、少しだけ哀しくなる。彼女は僕が暮らしてきたうすのろな時の流れに呑《の》み込まれ、次第にその姿を遠くへと追いやられていっている。もう手を差し延べることさえかなわない場所へと。やがては彼女の顔の造作はおろか、輪郭さえ思い出せない日が来るだろう。

僕には誰かを殺す力はない。

でも――。

僕はいま、はっきりと思う。

いつか、僕は大切な人に出会うだろう。そして、その人を生かし続けるために、その手を決して離しはしない。そう、たとえ、ライオンが襲いかかってきたとしても。

結局のところ、大切な人の手を探し求め、握り続けるためだけに、僕たちはうすのろな時間をどうにか生きてる。

ねえ、そうは思わないかい？

# 永遠の円環

たとえば、こんな質問があるとする。

『最強のドラッグは何か、答えなさい』

答えはコカイン？　覚醒剤《かくせいざい》？　ＬＳＤ？

どれもハズレ。正解は抗ガン剤だ。実際にラリったことがあるだけに、僕はこの答えに自信を持っている。

抗ガン剤は、《不治の病からの治癒》という絢爛豪華《けんらんごうか》な幻想を楽しめる分、揺り返しが異常に大きい。そう、この世界では、何事にも代価が必要とされるのだ。残念ながら。

そんなわけで、抗ガン剤の副作用で頭は禿《は》げ上がり、内臓は荒れ、点滴を打ち終わったあとにはいつも瀕死《ひんし》のガマガエルのような声を張り上げながら、一時間近くも吐き続けなくてはならない。ただ、僕のまわりの誰もが、その液体を正式名称で呼ばず、《ただの抗生物質》と呼んでいた。まるで、コークとでも呼ぶように。

二ヵ月前のある日、《ただの抗生物質》の打ち切りが決まった。

「いままでよくがんばったね」

主治医は切って貼ったような笑みを浮かべながら、そう言った。どうやら、僕以外のすべての人間が嘘をつかなくてはならない茶番劇の幕が、そろそろ下りようとしているらしかった。

抗ガン剤の打ち切りが決まった翌日、相部屋から個室に移された。両親はこれまでになく優しくなり、看護婦はハリウッド・スマイルを浮かべるようになった。長期入院患者たちのあいだで行われている《個室ダービー》という賭《か》けでは、きっと僕がトップ・オッズを背負っているはずだった。そう、僕は死というゴールに向かって、最後の直線を疾走している。でも、ゴールラインを駆け抜ける前に、やっておかなくてはならないことがあった。

個室に移ってすぐ、脱走を試みた。

栄養剤の点滴の管を腕から抜き、服を着替え、ベースボール・キャップを目深にかぶり、個室を出た。ナース・ステーションの前を何気ない素振りで通り抜けた。エレベーター・ホールには白衣の連中が大勢うろついていたので、念のために階段を使った。階段を下りている途中、意識を失った。意識を取り戻すのに、二日かかった。おまけとして、鼻骨骨折と右大腿骨《だいたいこつ》の複雑骨折がついてきた。

「病院を脱け出して、どうするつもりだったんだい？」と主治医は僕に訊《き》いた。

僕は主治医に向かって手招きをした。主治医が耳を僕の口に近づけた。

「先生も男なら分かってもらえるでしょう――」

僕の言葉が最後まで終わる前に、主治医はわざとらしく咳《せき》払いをし、鷹揚《おうよう》に頷《うなず》いた。そばにいた若い看護婦は、不思議そうな表情を浮かべていた。主治医と看護婦が個室を出て行ったあと、僕は無性におかしくなって、笑った。いくら主治医が男であっても、僕の気持は理解できなかっただろう。おそらく、言葉の続きを聞いたら、僕を精神科病棟送りにしていたに違いない。

――先生も男なら分かってもらえるでしょう？　死ぬ前に殺さなきゃならない奴がいるんです。

脱走に失敗し、僕はスクラップ同然になった。自分の足でトイレにも行けない人間に殺人を犯せるわけがない。

一日中、個室の中にいると、自分が絶望とともに徐々に狭い環《わ》の中に閉じ込められていくような気がした。ただ、環は完全に閉じてしまったわけではなかった。

「退屈だから、見舞いに来て欲しいって伝えてくれないかな」

そう言って、母親に大学の友人たちの電話番号を書いた紙を渡した。

すぐに何人かの友人がやって来た。僕はいつもかぶっているベースボール・キャップを脱ぎ、パジャマの胸元を開けて彼らを出迎えた。彼らは産毛《うぶげ》しか生えていない頭と、リンパ腺《せん》に沿って走る縫合手術の痕《あと》を、直視しようとはしなかった。続けて、何人かの、そう親しくない友人たちが好奇心の糸に操られて病室を訪れた。先発隊に僕の状態を聞き、ちょっとした特殊メイクアップでも見るつもりだったのかもしれないけれど、好奇心が剝《む》き出しだった彼らの顔はひきつった笑みで醜く歪《ゆが》み、そして、くだらない話題でお茶を濁し、そそくさと帰っていった。以来、何人もの友人が病室を訪れたが、現実を直視する者はひとりもいなかった。ただのひとりも。

母親に頼み、高校時代の友人たちにも連絡を取ってもらった。訪れる者はひとりもいなかった。

僕は友人が欲しかった。圧倒的な現実に向き合っても顔色ひとつ変えないほどの強固な信念を持ち、さらには、僕たちを縛っているくだらない因襲を唾棄《だき》してしまえるような、そんな友人を。そう、殺人の手助けをしてくれる友人を。類は友を呼ぶ。誰も責めることはできない。僕は鏡を見ているだけなのだ。スクラップしか映らない鏡を。

そんなある日、Ｋが病室を訪れた。

Ｋとは大学の、ある講義で知り合った。特に親しいわけではなく、試験前にノートの貸し借りをするだけの間柄だったが、もう選《え》り好みはしていられなかった。どうにかしてKを殺人の共犯に仕立て上げるつもりだった。スクラップでも使いようによっては松葉《まつば》杖《づえ》代わりぐらいにはなるだろう、と思っていた。

いまから考えると、笑ってしまう。僕は選り好みをできるような立場にはいなかったのだ。それに、Kはスクラップではなかった。たぶん、Kは僕を主役に据えた茶番劇の中で、唯一まともな登場人物だったに違いない。

## 1

コンコン。

乾いたノックの音が、病室の中に響いた。

「ちょっと待って」

僕はそう言いながらベースボール・キャップを脱ぎ、パジャマのボタンを急いで外した。

「どうぞ」

ドアが勢いよく開いた。久し振りに見る顔がドアの向こうから現れ、病室の中を窺《うかが》った。すぐに目が合った。

「入っていいかな？」Kは笑みを浮かべながら、訊いた。

僕も笑みを浮かべて、頷いた。

Kは後ろ手でドアを閉めたあと、病室の中をあらためて見まわし、感嘆の声を上げた。

「やっぱり有名な大学病院の個室ともなると違うもんだね。僕の部屋より広い」

「一日いくらかかるか知ってるかい？」

Kが僕を見て、肩をすくめた。僕が金額を言うと、Kは何かを必死に考え始めたのか、眉間《みけん》に皺《しわ》を寄せながら視線を宙にやった。十秒も経たないうちに、Kの顔に笑みが戻った。

「ひと月で僕のアパートの家賃の五ヵ月分か。すごいね」

僕は折り畳んで壁に立てかけてある、スチール・パイプ製の椅子を指差した。

「座ってくれよ」

Kが椅子を移動させているあいだ、僕はリモコンボタンでベッドの背もたれを調節し、垂直に近くなるまで起こした。Kはベッドから少し離れた場所に椅子を置き、腰を下ろした。

「久し振りだね」と僕は言った。

「そうだね」

「驚いたかい？」

「なにが？」

「この有り様さ」僕は顎《あご》を上げ、リンパ腺に走る黒ずんだ縫合部分をよく見えるようにした。「ひどいだろう？」

Ｋは僕の首をじっくり見たあと、訊いた。

「かなり悪いのかい？」

僕は頷いた。

「もう手の施しようがないんだ」

Ｋは眉《まゆ》をひそめ、何かを言おうと口を開いたが、代わりに曖昧《あいまい》な笑みを浮かべることで言葉を濁した。

「なんだい？」

僕は一連の表情の変化の意味を知りたくて、訊いた。Ｋは僕の顔を見つめた。Ｋの顔から笑みが消えた。しかし、言葉が音になることはなかった。

僕とＫは、しばらくのあいだ、無言で対峙《たいじ》した。Ｋは僕から目をそらさなかった。視線を注ぐその目には、戸惑いも、慈悲も、憐憫《れんびん》も点《とも》ってはいなかった。

「これはどうしたんだい？」

Ｋはそう言って沈黙を破り、僕の右足にはまっているギブスをコンコンとノックした。僕がKの質問に答えようとした時、天井から、ギャーッ、という断末魔の叫びにも似た悲鳴が降ってきた。Kは驚いたように、天井を見上げた。

「時々、上の階の個室患者が思い出したみたいに叫ぶんだよ」僕はまず天井を指差してそう言い、次に自分の頭を指差して、続けた。「きっと、死ぬのが怖くてここのネジがゆるんじゃってるんだ」

Kは頷き、訊いた。

「上の人は叫んだりするだけ？」

「いや、色んなことを大きな声で喋《しゃべ》ったりもするよ。よく聞き取れないから、何かの呪文《じゅもん》みたいにしか聞こえないけどね」

僕の言葉が終わると、Kは微笑み、一からやり直すように、また僕の右足のギブスをノックした。

コンコン。

「これはどうしたんだい？」

「ディスコで踊り過ぎた」

「ブレイクダンスかい？」

一瞬の間のあと、僕は短い笑い声を上げた。

「気を遣わせて悪いね」とKはすまなそうに言った。

「大学のほうはどうだい？」

僕は明るい口調で話題を継いだ。

「楽しいよ、相変わらず」

「それはよかった。楽しい時間を割いてまで見舞いに来てくれて、ありがとう」

Kは僕の皮肉にはまったく反応しなかった。

「礼なんていいよ。ちょうどこっちのほうに用事もあったし。それに、この病院の前の桜並木は有名だろ？　一度は見ておきたかったしね」

「見舞いはお花見のついでってわけかよ」僕は冗談半分のあきれ声で言った。「ところで、用事って？　近くに女の家でもあるのかい？」

Kは曖昧な笑みを浮かべるだけで、答えようとはしなかった。ふいの沈黙が漂った。どうでもいい世間話を打ち切るには、ちょうどいいアクセントだった。まず、僕は深いため息のイントロを奏で、そして、言った。

「見ての通り、僕の命はそう長くない」

Kの顔を窺った。Kの表情には、なんの変化もなかった。

「君は運命を信じるほうかい？」

Kの顔に、ほんの少しの戸惑いの色が表れた。

「いきなり、どうしたっていうんだ？」

「僕たちは運命の糸に操られてるとは思わないか？　君がいまここでこうしてるのは偶然じゃない。大学で僕と出会ったのも偶然じゃない。この世界に偶然なんかはないんだ。決まってたんだよ、そもそもの初めから。僕たちは出会うべくして出会ったんだ」

Kは困ったように微笑んだ。

「宗教の勧誘かなんかじゃないだろうね」

「冗談じゃないんだ」僕はきっぱりと言った。

「それじゃ？」

「頼みがある」

Kは納得したように小さく頷いた。

「そですり合うも、ってわけかい？」

「苦しい時の神頼み、と思ってくれてもいいよ」

「飛んで火に入る、かもね」

「どうとってもらってもかまわないよ。とにかく、僕にはもう時間がないんだ。ほかの誰かに頼んでる暇はない」

Kは短いため息をついた。

「頼みってどんな？」

「僕を病院から連れ出して欲しいんだ」

Kの顔に拍子抜けしたような表情が浮かんだ。

「それで、どこに連れて行けばいいんだい？」

僕はKの顔を見つめた。

「頼みを聞いてくれるんだね？」

Kが僕の顔を見つめ返した。

「いやに真剣だね。いったい、どこで何をしようっていうんだ？」

僕は深呼吸をしたあと、言った。

「大学で、人を殺すんだ」

2

束の間、Kの表情にはなんの変化もなかったけれど、すぐに何もかも見透かしたような笑みが浮かんだ。

「冗談だろう？」

僕は首を横に振った。

「言っておくけど、気が狂ってるわけじゃない」

Ｋは僕の表情を窺い、首を横に振った。

「狂ってるよ。どう考えたってまともじゃない」

「どう思われたってかまわないよ。でも、どうしても君の助けがいるんだ」

「どうして、僕なんだ？」

Ｋの雰囲気が変わった。表情や声に目立った変化があったわけではない。うまく説明できないけれど、Ｋの内面の変化が僕に伝わってきたことだけは確かだった。

僕は短いため息をついて、言った。

「正直に言うよ。別に君じゃなくてもよかったんだ。だから大勢に見舞いに来てもらった。僕をここから連れ出すことなんて、物理的には誰にでもできる。ただ、手助けをしてくれる奴は一歩間違えれば、いや、間違いなく殺人の共犯になる。もちろん、ばれないように手伝ってもらうつもりさ。でも……」

Ｋが僕の言葉を継いだ。

「殺人の共犯者になりたがる奴なんて、誰もいないよ」

「そうだろうね。それに、殺人の手助けをしてくれるような気概を持ち合わせてる奴はひとりもいなかった。そんな奴らに殺人の話なんて持ち出したら、早まって警察にでも通報されるのがオチさ。だから、結局今日まで誰にも言い出せなかった」

Ｋは口元に薄い笑みを浮かべた。

「君は僕が気概とやらを持ち合わせてるとでも思ったのかい？　僕が警察に通報しないとでも？」

僕は力なく首を横に振った。

「選り好みをしてる時間と、精神的な余裕がなくなったのさ」

Ｋは低い笑い声を上げた。

「君は正直なんだな」

僕はＫの笑い声にすがりついた。

「手伝ってくれるかい？」

Ｋは椅子から腰を浮かせた。

「ダメだね。僕は殺人の共犯者になるような気概なんて持ってないよ。両親にでも手伝ってもらったらいい」

「君は自分の息子が殺人犯になるのを手伝えるか？」

Ｋは肩をすくめた。

「友人だって手伝えないさ」

「金をやるよ。子供の頃から貯めた金が百万以上ある。どうせあの世には持っていけないんだ。それを君にやるよ」

Ｋの目に初めて憐《あわ》れみが点った。

「ほかの奴ならやってくれるかもしれないね。でも、僕は金じゃ動かない」

「それじゃ、何で動くんだ？」

「さて、なんだろうね」Ｋはそう言って、指先でギプスを軽く叩《たた》いた。「もしよかったら、また見舞いに来るけど？」

僕はＫの顔を見つめたまま、首を横に振った。Ｋの顔に、無邪気な笑みが浮かんだ。

「安心してくれ、さっきの話は警察には話さないよ。まあ、話したところでどうなるもんでもないけど。心の中の犯罪は誰にも裁けないからね。とにかく、僕は口をつぐんだまま死んでいくよ」

Ｋが椅子の前を離れた。病室を横切り、ドアに近づいていく。Ｋの手がノブにかかった時、僕は言った。

「あした、死ぬとしたら、何をする？」

Ｋの手がノブから離れ、頭がゆっくりとまわった。僕とＫの視線が再び交わった。

「半年前、ある人にそう訊かれたんだ。僕はこう答えた。『好きな人のそばで過ごす』」

Ｋの顔に、同情とも嘲笑《ちょうしょう》ともつかないかすかな笑みが浮かんで、消えた。

「笑い話に聞こえるかい？」

Ｋは身体を僕に向け直し、首を横に振った。

「なんだか懐かしい響きだと思ってね」

「そう、半年前までは自分が死ぬなんて爪の先ほども思っちゃいなかった。だから、恥ずかしげもなく言えたのさ。でも……」

「でも？」

「病院に詰め込まれて、あした死ぬかもしれないって分かった時、僕は考えた。何をしたいだろう、ってね」

「それで？」

「やっぱり、好きな人のそばで過ごしたかった。好きな人に看取《みと》られながら、死にたかった」

　Kは短いため息をついた。

「好きな人を連れてくるぐらいならできるけど」

「無理さ」

「そんなに遠くにいるのかい？」

「この世にいないんだ。死んじまったのさ」僕は無理に笑みを浮かべた。「代わりに霊媒師《れいばいし》でも連れて来てくれる？」

　束の間の沈黙が流れる中で、僕はKの確かな変化を感じていた。

「さっきの話は、好きな人が死んだことと関係があるのかい？」とKは訊いた。

僕がKの問いに頷いた時、また天井から、ギャーッ、という悲鳴が降ってきた。続いて、殺される殺される、という切羽詰ったわめき声も。Kは天井を一瞥《いちべつ》し、長いため息をついた。そして、少しの逡巡《しゅんじゅん》のあと、病室を横切り、椅子の前に立った。

「話の続きを聞くよ」

「手伝ってくれるのかい？」

Kは椅子に腰を下ろし、肩をすくめた。

「やっぱりなんかの縁なんだろうね、これも」

「そう、運命から逃げることはできないのさ」

僕が冗談めかしてそう言っても、Kは笑わなかった。すべてを受け入れるように、ただ、短く頷いた。

## 3

「半年前に大学の構内で飛び降り自殺があったろう？」

「ああ」

「それについて、どんなことを知ってる？」

「詳しくは知らないね。興味もなかったし」

「どんな些《さ》細《さい》なことでもいいよ。それを取っ掛かりにして、話を始めるから」

「僕たちと同じ法学部の学生。自殺の原因は不明」

「彼女の名前は上原彩子《うえはらあやこ》。法学部の四年。自殺に原因はあったんだよ」

僕は上原彩子との出会いから、話し始めた——。

*　　*　　*

上原彩子とは、大学に入ってすぐに入部した法律サークルで知り合った。

彼女は僕より二年先輩で、レポートやレジュメを書く際の指導員のひとりだった。彼女が指導する班に入れたと分かった時、僕は自分の幸運を喜んだ。でも、喜びも長くは続かなかった。

彼女は美しく、優しく、それでいて、まわりから畏怖《いふ》される存在だった。下心をあらわにする男には毅然《きぜん》とした態度で臨み、サークル活動に真面目に取り組まない者には厳しい叱責《しっせき》の言葉を浴びせた。当然のように、そういった馴《な》れ合いや妥協を許さない彼女の性質は、あまり歓迎されてはいなかった。孤高は美徳ではなく、背徳なのだ。没個性が基盤となっている、大学のサークルのような共同体では。

僕も上原彩子を恐れていた。恋愛経験が乏しい僕には、純粋な恋愛感情と下心の境界線が見えなかった。僕は、彼女とまともに目を合わせることなど一度もなく、与えられた課題に必死に取り組むことだけで、存在をアピールした。

ある日、僕が遅くまで図書館に残り、刑法の基本書を読んでいると、上原彩子が僕の隣の席に座った。

「真面目にやってるわね」

彼女は柔らかい声でそう言ったあと、基本書を覗《のぞ》き込んだ。

「この本、とても分かりやすいでしょう?」

その基本書は、法学部の学生にとって国語辞典のようなものだった。誰もが持っているけれど、開くことはほとんどない。そんな類《たぐい》の本だった。著者は僕が通っている大学の、谷村という教授だった。谷村は、テレビのコメンテーターとしてニュースからバラエティ番組まで幅広く活躍する、いわゆる《タレント教授》だった。五十を過ぎているとは思えない若々しい細面《ほそおもて》の容姿と、若者に迎合するソフトな語り口で、一般的な人気を得ていた。僕は、谷村が時折カメラ目線で見せるにやけた笑みが大嫌いだった。

「分かりやすいとか難しいとか、まだそういうレベルじゃないですから」

僕は上原彩子の肩を見ながら、そう言った。

「すぐに分かりやすいと思えるわよ、君は真面目にやってるから」彼女の声は、とても優しかった。「ねえ、素晴らしいと思わない？」

「何がですか？」

「難しいことを分かりやすく伝えられる人って」

「…………」

「私はね、この本を読んだ時、なんだか感動しちゃったの」彼女の声はいつもと違って、子供っぽいものになった。「高校生の頃ね、ちょっと背伸びして哲学の本を読んだんだけど、もう何がなんだかチンプンカンプンなのね。初めは、自分が馬鹿だから仕方がないんだ、って思ってたんだけど、読み進めていくうちにね、段々腹が立ってきたの、書いた人間に対して。外国語みたいな文章で書いてるほうが悪いんだもの」

僕は彼女の無邪気な口調にくすぐられて、短く笑った。

「だからね」彼女は続けた。「この基本書を読み終えた時、自分のことを初めて、頭がいいのかもしれない、って思えたのね。実際にそうかどうかは置いておくとしても、勘違いはさせてくれたの。わたしは勘違いをさせてくれた谷村先生を尊敬しちゃった。だから、谷村先生のゼミにも入ったし」

「そうなんですか」

僕は谷村に対して激しい嫉妬《しっと》をおぼえながら、そう答えた。

「ねえ」と彼女が言った。

「はい？」

「どうして、いつもわたしと目を合わそうとしないの？」

鼓動が一気に速くなった。答えようのない問いに戸惑い、少しうつむくと、そこには彼女の胸のふくらみがあった。行き掛かり上、視線を上げるしかなくなった。

僕は顔を上げ、彼女の目を見た。彼女は頭を少しだけ右に傾げ、不思議そうに僕の顔を眺めていた。

「目が悪いんです」

僕は苦し紛れの嘘をついた。

「そんなこと、理由にならないでしょ」彼女の顔に笑みが浮かび、眉が緩やかな曲線を描いた。「おかしなこと言うのね」

僕が必死に言葉を選んでいるあいだ、気づまりな沈黙が続いた。彼女は薄い微笑みを口元に貼りつけたまま、僕を見ていた。追いつめられた僕は、呼吸を整えたあと、言った。

「先輩が——、上原さんが綺麗《きれい》だからです。僕は綺麗な人を見るのに馴れてないんです」

彼女の眉間に、深い縦皺が刻まれた。僕はあわてて言った。

「すいませんでした。変な意味はないんです。ただ——」

言葉の語尾は、彼女の笑い声にかき消された。僕はおかしそうに笑っている彼女の様子を、呆然《ぼうぜん》と眺めていた。ようやく笑い声が止んだ時、彼女の顔には悪戯《いたずら》っぽい色が浮かんでいた。

「それって、君がよく使う手？」

僕はあわてて首を横に振った。

「とんでもないです」

「どうだか」彼女が目を細め、疑わしい視線を僕に注いだ。「いまの、君のキャラクターにとても合ってるわよ」

僕が言葉を失ったまま彼女を見つめていると、彼女は両手を胸にあて、真面目な顔で言った。

「本当よ。ちょっと胸がうずいたもの」

途方に暮れた僕が再び視線を落とした時、彼女の優しい声が耳に響いた。

「冗談よ」

彼女の声に導かれ、顔を上げた。彼女の顔はいっぺんに柔らかみを帯びていて、僕の視線を包み込むように迎え入れてくれた。僕の目には、彼女があまりに妖艶《ようえん》で、蠱《こ》惑《わく》的に映った。その時、僕は生まれて初めての陶酔感に浸り、そして、思った。

彼女のためなら命を投げ出してもかまわない、と。

図書館の一件があって以来、僕と上原彩子の関係は急速に親しいものへと変わった。恋愛としてはただの一方通行の関係であったとしても、知ったことではなかった。彼女のそばにいられるだけで幸せだった。

僕と彼女は、校舎に隣接している陸上競技場の観覧席で、ほとんど毎日一緒に昼食をとりながら、たわいのない身近な出来事を飽きることもなく話し合った。

僕は彼女の価値観に寄り添っていった。彼女がくだらないと思っているものは笑い飛ばし、怒りを向けるものには唾《つば》を吐いた。彼女が薦めるものはなんでも受け入れた。彼女が人権擁護派の弁護士を目指していることを聞き、僕もそれを目指すことに決めた。そう、彼女は海であり、僕は波間に漂う木切れのようなものだった。いつか海中に沈み、深い場所で受け入れられると信じて漂っている木切れ。しかし、木切れが沈むことはない。

一年が経ち、僕と彼女が進級してすぐの頃、いつものように観覧席で昼食をとっている時、通り雨に遭った。見慣れた風景を細かく切り裂いてしまうような、激しい雨だった。僕たちは背後にある、大きな銀杏《いちょう》の樹の下に逃げ込んだ。彼女は、すごいね、とつぶやきながら、ハンカチを僕に手渡した。彼女らしい、真っ白で質素なハンカチだった。僕は礼を言ってそれを受け取り、顔を軽く拭《ふ》いて、返すために彼女を見た。

彼女は視線を遠くへ向けていた。その視線を追った。競技場のトラックの中に敷かれている、芝生の緑があった。激しい雨の中で、芝生の部分だけは静寂が漂っていた。視線を彼女に戻した。彼女の横顔にも、言い知れぬ静寂が漂っていた。ハンカチを返すタイミングを逸してしまった。

彼女が突然、僕に視線を向けた。

「ねえ」彼女は唐突に僕に問いかけた。「あした、死ぬとしたら、何をする？」

「どうした、急に？」

「うん、なんとなく」

僕は銀杏の幹にもたれ、腕を組んだ。

「難しいな」

「さあ、想像力を働かせて」彼女は楽しそうに言った。

彼女のそばにいて、あした死ぬことを想像できるはずはなかった。僕は思う。想像力は精神や欲望が満たされていない者の専属品なのだ。

「好きな人のそばで過ごす、かな」と僕は答えた。

「ありきたりね」と彼女は言った。「でも、素敵だわ」

「彩子さんなら、どうする？」

「あのね、いいかげん、さん付けはやめて。ものすごく歳をとった気になるから」

僕は心の中で、彩子、とつぶやき、照れ隠しに少しだけ肩をすくめた。

「わたしならどうするだろう……」

彼女が視線を僕から外し、また芝生のあたりに置いた。

「わたしなら……そうね……」

雨が急に小止《こや》みになった。灰色の雲が急速に頭上から遠ざかっていこうとしていた。

彼女が答えを考えているうちに、雨が止んだ。彼女は空を見上げて、言った。

「だめね、圧倒的な想像力の欠如だわ。情けない」

僕の顔に視線を戻した彼女の表情は、明るい口調とは裏腹に、ほのかな寂しさと緊張の色合いを帯びていた。僕には、いまにも泣き出しそうに見えた。

上原彩子からの深夜の電話を受けたのは、彼女が死ぬ前日のことだった。いや、正確に言えば、当日だった。時計の針は、すでに新しい日付の時を刻んでいた。

「会いたいの。いま、出てこられる？」

彼女は僕の自宅の近くにある、公園の脇の公衆電話ボックスにいた。僕は受話器を置いたあと、着崩れたスウェット姿のまま、部屋を駆け出した。

彼女は誰もいない公園のベンチに、ひっそりと身を沈めていた。僕の荒れた息遣いを聞き取ると、彼女は顔を上げた。僕は彼女まであと数メートルの距離で、一瞬、歩を止めた。スポットライトのように彼女にあたっていた街灯の光のせいかもしれなかったが、彼女の顔は真っ白で造作が消えているように見えた。僕は抑え切れない焦燥を感じながら、目を凝らした。やっと彼女の顔に造作が戻り、哀しげな表情が現れた。

「どうしたんですか？」

彼女の隣に腰を下ろしながら、訊いた。

彼女は消え入るような声で、うん、とつぶやき、うつむいた。それからどれだけの時間が経ったのかは分からない。僕は彼女が喋《しゃべ》り出すのを、辛抱強く待った。

彼女の細い首がゆっくりと動き、顔が上がった。彼女の顔は苦しそうに歪んでいた。少し太めの眉は急な角度で下がり、綺麗な切れ込みの目尻《めじり》は小刻みに震え、丸くて小さな頬骨はせり上がり、瑞々《みずみず》しい量感を持っていた唇は暗い色が沈殿して、しぼんでいるように見えた。

彼女は泣き出した。泣きながら、何度も、ごめんね、とつぶやいた。彼女は震える声で謝罪の意味を話し始めた。僕に選択の余地はなかった。彼女は話さなくてはならなかったのだ。そして、僕は聞かねばならなかった。

彼女は僕と知り合う少し前から、谷村教授と不倫の関係を始めた。尊敬が昂《こう》じたせいなのか、それとも、男として魅力を感じたせいなのか。それは彼女にも判然としなかった。初めの頃に感じていた性的な関係への抵抗も、次第に消えていった。

彼女は言った。わたしの身体は汚れている、と。彼女は堕胎手術を受けた翌日も、平然とした顔で僕に会っていたことを詫《わ》びた。その時、わたしは血を流していたのよ、と彼女は言った。僕は彼女に気づかれないように、そっとため息をついた。

いつしか彼女は、谷村に確かな関係を求め始めた。谷村が応じるわけはなかった。彼女が執拗《しつよう》に言い寄ると、谷村はあからさまに彼女を避けるようになった。

「あなたと会ってるのが辛《つら》かったわ……」

彼女は初めて僕のことを、あなた、と呼んだ。重い空気が僕の喉《のど》を這《は》うように通り過ぎ、胸のあたりで固まった。僕は目を閉じた。彩子、と呼びかけるチャンスが永遠にないことを悟った。

彼女はその夜、谷村と会い、ゼミを自主的に辞めることを強要され、金を渡された。もし望むならしっかりとした就職先も世話をする、と告げられた。

彼女は膝《ひざ》の上に載せてあったハンドバッグから、札束の入った大きめの封筒を取り出した。

「どこでどう間違っちゃったんだろう……」

彼女は封筒を両手で握り締めた。彼女の思いを僕が断ち切れるわけがなかった。僕はただ、彼女のそばにいて、話を聞くしかなかったのだ。

突然、彼女がベンチの上に置いてあった僕の右手に左手を重ね、強く握った。

「どうすればいいのかな、わたし」

彼女が潤んだ目で僕を見つめた。僕は彼女の手を握り返さず、ゆっくりと首を横に振った。

「……彩子さんが自分で決めるべきです」

僕が視線をそらすと、彼女の手の力が弱まり、やがて、僕の手から彼女の手がゆっくりと離れていった。彼女は手を自分の両膝の上に戻し、か細い声で、そうね、とつぶやいた。そして、ごめんね、と。

彼女は封筒をハンドバッグに入れたあと、ベンチの背もたれに背中を預け、伸ばした足先を交互に組み、顎を上げて顔を夜空に向けた。しばらくして、僕も同じように夜空を見上げた。青白い月が視界に飛び込んできた。僕たちは言葉を交わすこともなく、ただ夜空を見上げていた。

先に沈黙を破ったのは、彼女のほうだった。

「……静かね」

「ええ」

「夜が怖くなったのは、いつ頃からだろう……」

僕は黙って、彼女の言葉に耳を傾けた。

「きっと、想像力がなくなり始めた頃からね。自分が頭がいいって勘違いして、見えないものを見えたと思って、この世界のすべてを分かった気になって、馬鹿にしちゃいけないものを馬鹿にして……」

彼女の語尾は夜の闇に紛れ、やがて消え入り、代わって低い嗚咽《おえつ》が闇の中から現れた。僕は目をしっかりと閉じた。目の前に現れた新しい闇を見つめながら、僕は嗚咽を聞き続けた。

タクシーがつかまるまで、彼女に付き添った。タクシーを待っている時、彼女は、もう一度谷村先生と話してみるね、と言い、無理に笑みを浮かべた。僕はただ頷いただけで、笑みに応《こた》えることはできなかった。

タクシーがつかまり、車に乗り込む寸前、彼女が唐突に口を僕の耳元に寄せて、何かを小さな声でつぶやいた。不思議なことに、僕はその何かをまるっきりおぼえていない。確かに聞いたはずなのだが、記憶の片隅にも残っていない。僕の耳に残っているのは、その時に近くで響いたはずの、悲鳴のような車の急ブレーキの音だけだ。もしかすると、僕の記憶がミスを犯し、彼女の悲鳴とブレーキ音を取り違えてしまったのかもしれない。そうだったら、どんなにいいだろう。僕は、彼女の最後の声を取り戻したい。たとえ、それが悲鳴であったとしても。

上原彩子の死から一週間が経ったある朝、目覚めると白い枕カバーが血で真っ赤に染まっているのに気づいた。鏡を覗くと、歯茎から血が流れ出ていた。微熱もあった。僕は勘違いしていた。彼女の死が精神にショックを与え、身体が過剰に精神とリンクしてそうなっているのだと思っていた。

出血がひどくなり、病院に行って検査を受けた。すぐに入院が決まった。両親の態度が日増しにおかしくなっていったけれど、その意味をあえて問い質《ただ》すようなことはしなかった。

入院してからというもの、上原彩子のことだけを思い続けた。出会いから始まり、どんな些細なことも見落とさないようにしながら、思い出をなぞっていった。ベッドサイド・テーブルには、通り雨に遭った日に返し損ねた彼女のハンカチを置いた。眠れない夜には、夜の闇の中に白く浮き上がっているハンカチを見ながら、時を過ごした。

二度の手術と抗ガン剤の投与も、はかばかしい成果を生み出さなかったが、僕の心は驚くほど凪《な》いでいた。そして、入院して三ヵ月が経った頃、彼女との思い出が尽きた。シンとした水平を描いていた心に石が投げ込まれ、波紋が生じ、広がっていくのが分かった。異常、妄執、狂気、それをどう名づけてもらってもかまわない。波紋が辿《たど》り着く先は決まっていた。

――死ぬ前に上原彩子を死に至らしめた原因を排除すること。

僕は谷村の殺害を決意した。彼女が死に、谷村だけがのうのうと生き続けるのだけは耐えられなかった。それに、彼女が本当に自殺したのかどうかも分からなかった。

もしかすると――。

## 4

「ここからは僕の想像なんだけど」

僕はKに断った。

「彼女は死んだ当日、谷村に会って金を返したあと、復縁、ていうのはおかしいけど、とにかく、やり直すことを迫ったんだと思う」

「どうして、金を返したと思うんだ？」

「封筒はかなりの厚さがあった。彼女の死後、それが見つかったとしたら、原因不明じゃすまされなかったはずだよ」

Kは感心したように頷いた。僕は続けた。

「谷村は、彼女に最後通告を叩き付けたんだと思う。厳しい口調でね。彼女は立ち直れないほどに傷ついた。そして、自殺を決意した。それか――」

「それか？」

「谷村がしつこい彼女に業を煮やし、自殺と見せかけて――」

僕が最後まで喋り終わるのを待たずに、Kは手のひらを僕に向け、発言を制止した。

「もうたくさんだよ」

「たくさん？」

Kは頷いた。

「出来損ないのメロドラマみたいに安っぽい話のあとは、実証不可能な犯行の再現話かい？　そんなの聞きたくないね」

僕は言葉を失い、Kのしかめ面を呆然と見つめていた。

「君が谷村を殺したいと思ってるのは充分に分かった」Kはきっぱりと言った。「だから、君の好きだった人がどんな理由で自殺しようが、谷村に殺されようが、どうでもいいことじゃないか」

「どうでもいい、っていうのはどういうことだよ」

自分の声が、怒りで強張《こわば》っているのが分かった。

「だって、そうだろう？　僕が手伝うのは、要するに死にゆく君のカタルシスのための殺人なんだ」

「僕は彼女の無念を思って……」

「それじゃ、なんで病気が発覚する前に谷村を殺しに行かなかったんだい？　彼女の無念、なんて動機を無理に飾る必要なんてないよ。僕たちは殺人の話をしてるんだぜ。殺人は誰かのためにするもんじゃない。自分のためにするもんだ」

僕は気持を落ち着かせるために小さく息を吐いたあと、めいっぱいの皮肉を込めて言った。

「やけに殺人者の心理に詳しいんだな」

「僕はミステリ小説の愛読者なんだよ」Kはそう言って薄く微笑み、あっさりと受け流した。「とにかく、この世界では、誰かのため、なんて綺麗事はありえないんだよ」

「それじゃ」僕は反駁《はんばく》を試みた。「君が手伝ってくれるのも、自分のためだっていうのか？」

Kは曖昧に頷いた。「そうかもしれないね」

一瞬、目《め》眩《まい》に似た感覚が僕を襲った。平衡感覚が失われ、現実とは違う場所で浮遊しているような、そんな感覚が。

僕の様子を眺めていたKはため息をつき、言った。

「仕方がないか」

「何が？」と僕は訊いた。「何が仕方がないんだ？」

Kは椅子から身を乗り出し、僕の目を覗き込むようにした。

「君には人を殺せないよ」

「そんなことないさ」

自信に裏打ちされた言葉では、決してなかった。僕は相変わらず目眩に似た感覚に襲われていて、うわ言のように口走っていた。

「まあ、その話は置いておこう」とＫは諦《あきら》めたように言った。「ところで、君はどうやって谷村を殺すつもりなんだい？」

「君に……」僕は乾いている唇を何度も舌でなめ、どうにか潤した。「君に病院から連れ出してもらって、大学まで行く。谷村を待ち伏せして、それで……」

「凶器は？」

「……ナイフ」

「ナイフは持ってるのかい？」

僕は首を横に振った。「大学に行く途中で買えばいい」

Ｋは力なく首を横に振った。

「君を連れて歩く僕の姿は当然多くの人間に目撃されるよね？　君は犯行のあとに死んじまえばそれで済むかもしれないけど、僕はどうなるんだ？」

「犯行の意志を打ち明けないで連れ出してもらった、ってことにすれば……」

「ばれないはずじゃなかったのかい？」

「それは……」

Kは久し振りにギブスをノックした。

コンコン。

「起きてるかい？　僕は君のずさんな殺人計画の巻き添えを食うのはまっぴらだよ」

反駁の余地はまったくなかった。唯一の共犯者候補に見放され、殺人計画が脆《もろ》くも頓挫《とんざ》したかに思えた時、Kは言った。

「要するに、君は谷村がこの世に存在してるのが気に食わないわけなんだろう？」

僕は頷いた。

「谷村が死ねば、君は安らかに死ねる？」

少しの逡巡のあと、頷いた。

「僕がどうにかしよう」

「どうにかする、って？」

「君の子供じみた計画は破棄する」

「君が新しい計画を練るっていうのか？」

僕がそう言った時、天井からまた断末魔の叫びに似た悲鳴が降ってきた。

ギャーッ！

Kは悲鳴にまったく動じず、僕の顔を見つめていた。そして、突然、椅子から腰を上げた。

「またあした来るよ」

病室から出て行こうとするKに向かって、訊いた。

「僕はどうすればいいんだ？」

Kは歩を止め、事も無げに言った。

「口を閉じて、ただベッドに横たわってればいいよ」

「そんな……」

Kは真剣な眼差し《まなざ》で僕を見て、続けた。

「それに、死なないこと。いま死んだら、まさしく犬死にだからね」

5

翌日の昼過ぎにKがやって来た時、僕は主治医の回診を受けていた。

Kは主治医と看護婦に礼儀正しく会釈をし、持っていた大きな花束を僕に差し出そうとした。

「わあ、綺麗ですね」

若い看護婦が、うっとりした表情で、言った。

「ガーベラですよ」

Ｋは花束から一本を抜き取り、柔和な笑みとともに看護婦に渡した。看護婦の頰がだらしなく緩んだ。

主治医と看護婦が出ていくと、Ｋは余計な手荷物でも処理するかのように、花束をベッドサイド・テーブルの上に無造作に放った。そして、椅子をベッドのそばに置き、腰を下ろしたあと、担いでいたディパックのストラップを両肩から外した。僕は、Ｋが病室に入ってきてからこれまでの一部始終を、言葉もなく眺めていた。

「どうしたんだ？ ボケたような顔をして」とＫは不思議そうに言った。

僕は首を横に振った。「なんでもない」

「さて」Ｋはそう言って、ディパックを両膝の上に置いた。「気持は変わってないかい？」

僕が頷くと、Ｋはディパックのジッパーを引いて口を開け、中に手を入れた。軍手が取り出され、Ｋがそれを両手にはめ始めた。

「なにをしてるんだ？」と僕は訊いた。

Ｋは答えず、軍手をはめ終わると、再びディパックの中に手を入れた。今度はかなり厚さのある本が取り出された。よく見ると、谷村の刑法の基本書だった。Ｋは基本書を僕に差し出した。

「なんだっていうんだ？」と僕は訊いた。

「色々とあるのさ」

Kは有無を言わせない感じで、基本書を僕に押しつけた。僕はそれを受け取り、両手で持ち替えながら、様々な角度から眺め、なんらかの意味を見いだそうとした。しかし、それはどこから見ても、B5サイズで重さは一キロ程度の、標準的な基本書でしかなかった。僕がパラパラとページをめくり始めると、Kは、その調子だ、と楽しそうに言った。

「どういうことなんだ？」と僕は訊いた。

Kは曖昧に笑い、言った。

「この時点での僕たちの罪が分かるかい？」

僕は訳が分からず、首を横に振った。

「殺人予備罪。二年以下の懲役」Kはあっさりと言った。

Kの行動や発言は、すでに僕の理解の埒外《らちがい》にあった。Kはデイパックの中から大きめのタオルを取り出してベッドの上に広げたあと、僕の手から基本書を取り上げ、タオルの上に置いた。そして、タオルで丁寧に基本書をくるみ、デイパックの中にしまった。

「さてと」Kはそう言って、ベッドサイド・テーブルに視線をやった。「そのハンカチは彼女のものだよね？」

僕もベッドサイド・テーブルに視線を向け、そうであることを確認し、頷いた。

「貸してもらえるかな？」

僕は頷き、言った。「それも殺人予備罪の一環？」

Kはハンカチをディパックに収めながら、笑った。「いや、これはただの感傷的な行為」

軍手を外し、一連の行動を終えたKは、椅子に座り直しながら、言った。

「せっかくだから、殺人以外の話でもしないか？」

僕はKの一連の行動に関する謎を頭から締め出すことにした。Kの態度に、一切の質問を受け付けない雰囲気が漂っていたからだ。とりあえずはなりゆきを見守っていくしかない。

「それじゃ、君の趣味は？」

僕は冗談混じりに訊いた。

「いいね、知り合ったばかりのカップルみたいだ」Kは楽しそうに言った。「音楽鑑賞。どうだい、無難だろう？」

「どんなジャンルを聴く？」

「ジャズ」

「高尚だな」

「単なる黒人音楽さ。ほかに質問は？」

「出身地は？」

「どこだと思う？」

「分かるもんか」

「ノルウェイ」

「オチはあるのかい？」

「ないね。残念ながら」

「大学を出て、どうする？」

「一流企業に入って、過労死するぐらい働くのさ」

「本気？」

「本気さ。この国を支えるのは、僕だよ。そのために一流大学に入って、日々努力してる」

「つまらないオチだ」

「そんなこと言ったら、バチがあたるよ」

「もうあたってる」

「ほかに質問は？」

「恋人は？」

「いない」

「どうして？」

「むごい質問だな。インドのスードラに、なんであなたはスードラなんですか、って訊くかい、普通」

「スードラ？」

「よく大学に入れたな」

「日本史選択だったのさ」

「生まれついての奴隷のことだよ。もてない奴は生まれつきもてないようにできてる」

「そういうことは他人に言わないほうがいい」

「もてない奴が言う分にはかまわないのさ。被差別者は常に強い。さて、ほかには？」

「あした、死ぬとしたら、何をする？」

「そうだな、超高級コンドミニアムでプレイメイツとジャグジーにつかって、右手にドン・ペリ、左手にキャビア、口にはキューバ産の葉巻、そして、酒池肉林の宴《うたげ》。そのあと、あらゆるドラッグを試して――」

ギャーッ！

Kの言葉が悲鳴にかき消された。Kは天井を睨《にら》みつけながら、言った。

「これからがいいところだったのに」

「残念だったね」と僕は皮肉混じりに、言った。

ドアが開き、僕の母親が入ってきた。Kは椅子から腰を上げ、深くお辞儀をしたあと、僕に向かって言った。

「そろそろ、おいとまするよ。それじゃ、またあした」

Kはデイパックを担ぎ、もう一度僕の母親に向かって深々とお辞儀をした。

「しっかりした感じの子ね」

Kが出ていってすぐに、母はそう言った。僕は曖昧に頷いた。

「なんていう子？」と母は訊いた。

僕がKの名字を口にすると、母は眉間に深い縦皺を刻んだ。

「聞いたことないわねえ」

「あんまり親しくなかったから」

「連絡したおぼえもないけど」

「……見舞いに来た連中から聞いたんだろ、きっと」

「そうね」

母は洗濯物を抱えて病室を出ていった。ドアが閉まったあと、僕は大きく深呼吸をした。得体の知れない不安の波が、次々と襲ってきていた。呑《の》み込まれそうになるのを、必死に堪《こら》える。

そもそもの――。

思考を目まぐるしく働かせた。

そもそもの始まりから、考え直さなくては――。

## 6

翌日、Kは午後の面会時間が終わる間際にやって来た。

窓の外ではすでに薄い闇が充満して、いまにも濃いものに変わろうとしていた。

Kは丸めた新聞を片手に持ち、前日と変わらぬ様子で病室に入ってきた。僕はKが椅子に腰を下ろすのを待って、口を開いた。

「訊きたいことがある」

「なんだい？」

「君はどうやって僕がここに入院してるのを知ったんだ？」

Kは曖昧に頷いて、言った。

「まあ、その話はあとにしよう。ところで、テレビは見たかい？」

僕は病室の片隅に置いてあるテレビを見た。一度もスイッチを入れたことがなかった。

「テレビがどうしたっていうんだ？」

Ｋは残念そうに肩をすくめたあと、丸めた新聞をベッドの上に放った。

「テレビの画面で見るほうが、インパクトがあっていいんだけどね。まあ、夜のニュースまではそれで我慢してくれ」

僕は新聞を手に取った。

「社会面だ」とＫは言った。

僕は丸まった新聞を伸ばしながら、社会面を開いた。トップ記事の大きな見出しが目に飛び込んできた。そこには、《撲殺》の大きな活字と、谷村の顔写真があった。気づくと、新聞が小刻みに揺れていた。僕は両手の震えを必死に抑え、めぼしい箇所を急いで拾い読んだ。

死体が発見されたのは大学構内の駐車場。検視の結果、ほぼ即死と断定。凶器の特定はまだされていない。動機、容疑者はいまのところ不明だが、いくつかの遺留品が現場で発見されているため、捜査の進展の手助けとなるかもしれない――。

「やったのは昨日の夜だよ」

Ｋは平然とそう言った。

僕は、新聞を顔の前から、ゆっくりと下げた。

「車に乗り込もうとしてる時に声をかけてね、振り向いた瞬間に——」

Kは胸の前で、両方の手のひらを勢いよく打ち合わせた。パン！ という乾いた高音が部屋の中で反響した。僕の身体はその音に反応し、小さく震えた。

「凶器は、君が昨日触った基本書だ。谷村も自分の名著で死ねて本望だったと思うよ。あ、それからね、君のためを思って、基本書は谷村の死体のそばに置いておいたから。上原彩子のハンカチと一緒にね。新聞には凶器の特定はまだだって書いてあるけど、警察は初めのうちは必ずそう発表するんだ。自首マニアが、自分が犯人だ、って名乗りを上げた時の確認のためにね」

新聞を丸め、握り締めた。

「何を言ってるんだ？」

Kは困ったように、眉をひそめた。

「至れり尽くせりだろう？ 君の話を聞いて、谷村を殺す凶器としては基本書が一番ふさわしいと思ったんだ。基本書には君の指紋しかついてない。僕はちゃんと軍手をはめてたからね。これで君の指紋は谷村教授殺害事件の犯人のものとして永遠に登録される。つまり、君はベッドに寝ながらにして、殺人を行ったんだ。ついでに、上原彩子のハンカチも基本書に寄り添うようにして、証拠品としての寿命を全うするだろう。どうだい、気に入ってくれたかい？」

新聞を手から離した。新聞はベッドの上を転がり、床に落ちた。

「これは現実なのか？」

Kは驚いたように、大げさに目を丸くした。

「すべては君が望んだことじゃないか。僕は君の望みを最高の形で実現してやったんだ。まあ、君に直接手を下させなかったのは悪かったけど、君は人を殺せるような気概を持った人間じゃないよ。いや、いい意味で言ってるんだよ。それに、言っただろ？ 君のずさんな計画の巻き添えを食うのはまっぴらだって」

僕は長く息を吐き出したあと、訊いた。

「基本書で人が殺せるものなのかい？」

「遠心力と衝突、それに、反発」

「何を言ってるんだ？」

「物理の話さ。何かと何かが衝突すると、反発という現象が起こる。その時、柔らかいもののほうが遠くへ弾《はじ》き飛ばされる。もっとも、柔らかすぎると、弾き飛ばされずにぺしゃんこに潰《つぶ》れてしまうんだけどね。つまり、僕と谷村は反発し合った。そして、僕のほうが硬かった」Kはそこまで言って、不敵に笑った。「ついでに《反発係数》の講義もしたいけど、割愛するよ。ところで、ゴルフのドライバーでフルスイングして、インパクトの瞬間にボールの一点に加わる重さがどれぐらいあるか知ってるかい？」

「見当もつかないよ」

「二トンから三トンの力が加わるんだ。簡単に言えば、今回はそれを応用しただけのことだよ」

Kは椅子から腰を上げ、右のベッドサイドに立った。

「形だけ再現してみよう」

Kは右腕をまっすぐに伸ばし、握ったこぶしを僕の額にあてた。

「悪いけど、君を谷村だと仮定させてもらうよ。それに、手には基本書を持ってることにしてくれ」

Kはそう言って、腕を思い切り背中のほうへ引いた。こぶしが僕の額から離れた。腰が、ギシギシ、という音を立てるかのように、ねじられる。それ以上まわり切らない位置にこぶしが辿り着いた時、Kは言った。

「行くよ」

腰がゆっくりとまわりながら、こぶしがもとの位置に戻り始めた。ギュッと握られたこぶしは、半円形の軌道を描きながら、僕の額へと迫ってきていた。

「実際は、こんなスピードじゃないよ」

こぶしが僕の眉間に到達し、軽くぶつかった。Kはこぶしを僕の眉間にあてたまま、訊いた。

「ドライバーのヘッドよりぜんぜん重い基本書の角が、ものすごいスピードで、さらには、的確に急所である眉間にぶつかる。さて、どうなると思う？」

こぶしの圧力を感じながら、僕は小さく首を横に振った。

「谷村の目玉は両方とも目の穴から飛び出してたよ。鼻の穴からは、血と脳漿《のうしょう》のミックス・ジュースが流れ出してた」

僕は無理に笑みを浮かべ、言った。

「遠心力と衝突、それに、反発」

「そのとおり」

「子供が真似をしたら困るね」

Kはようやく僕の額からこぶしを引いた。

「誰にも真似できるもんか。想像力とスピードとタイミングの芸術なんだぜ」Kは椅子に戻り、腰を下ろしたあと、続けた。「君は警察に捕まったことはある？」

首を振った。Kは残念そうに舌打ちした。

「君の指紋が警察のコンピューター網に登録されてたら、面白いことになったのにね。君のアリバイは鉄壁だ。警察は困り果てるしかなかっただろう」

「死ぬまでに万引きでもして、捕まっておくかな」

「それはいいアイデアかも」Kは真面目な顔で言った。「さて、そうそう長居もしてられないんだ。ほかに訊きたいことはあるかい？」

僕は深呼吸をして、訊いた。

「僕は母親に電話番号のリストを渡して、友人たちへの連絡を頼んだ。リストには、君の名前さえ載ってない。それに、僕の知る限りでは、見舞いに来てくれた友人たちと君とのあいだに交遊はなかったはずだ」

Kは僕の言葉を、いちいち頷きながら聞いていた。僕は続けた。

「どうやって僕の入院を知ったんだ？」

「ああ、それを答えるのを忘れてたね」Kは失念を恥じるように、頭を掻《か》いた。「用事で近くに来た時、君の友だちを見かけたもんで、あとをつけたんだ。まあ、見舞いの理由はなんとでもなると思ったよ。でも、君は殺人の幻想に囚《とら》われてて、僕の登場になんの疑問も抱かなかった」

「目的はなんなんだ？　なんで僕の代わりに人殺しまでしたんだ？　それに――」僕は唾を飲み込んだ。「君は、いったい何者なんだ？」

Kは答えを逡巡しているようだった。僕は追い討ちをかけた。

「謎を持ったまま墓場に行きたくないんだ。どうしても答えるつもりがないなら、僕は警察に連絡をとる」

ギャーッ！

天井から悲鳴が降ってきた。Kは天井を軽く睨みつけて、言った。

「僕が谷村を殺した証拠なんて、何もないんだよ。それに、さっき君に喋った話だって作り話かもしれない。まあ、どうであれ、君はカタルシスを抱えて死んでいけばいいんだ」

「お願いだ」僕はKに向かって、身を乗り出した。「教えてくれ」

「君も欲張りだな」Kの口調には諦めの響きが含まれていた。「まあ、いいだろう。君には世話になるはずだし。それに、君は僕の迷いを断ち切ってくれた」

「何を言ってるんだ？」

Kは僕の問いかけを無視して、続けた。

「君はみっつの質問をしたね。見舞いの目的、なぜ君のために殺人を犯したか、そして、僕が何者なのか」

僕は頷いた。Kは続けた。

「ひとつめとふたつめはあえて説明しない。それらは近いうちに君にも分かると思うから。前にも言ったように、他人のために殺人を犯す奴なんていないよ。人間なんて、自分のことしか考えない利己的で排他的な生き物なんだ。こういうことを他の人に言わないほうがいいかな？」

僕は頷いて、言った。

「真理や正論を口にし過ぎる奴は嫌われる」

「気をつけることにするよ。さて、みっつめ。僕がいったい何者なのか」Kは僕の顔を覗き込むように、前へ身を乗り出した。「君は《ノコギリの目立て屋》という商売を知ってるかい？」

僕は首を横に振った。「聞いたこともないよ」

「僕も大学に入るまでは聞いたこともなかった」とKは言った。「大学に入ってすぐの頃に語学のクラスで知り合った友だちの実家が《ノコギリの目立て屋》をやっててね、それで初めて存在を知ったんだ」

「それがどうだっていうんだ？」

「まあ、そう先を急ぐなよ。もう少し《ノコギリの目立て屋》について喋らせてくれ」

僕は焦りを抑えながら、Kの言葉に耳を傾けた。

「《ノコギリの目立て屋》は、使ってるうちに鈍くなったノコギリの目を砥《と》ぐ商売なんだ。目を砥いで切れ味を戻したあと、お客さんにノコギリを返し、報酬をもらう。ノコギリを修復に出す客、それを砥ぐ職人。この大量消費社会の現代で、そんな牧歌的な商売があるなんて信じられないだろう？」

「たしかに」

「でもね、《ノコギリの目立て屋》はいまではほとんど絶滅しかかってる。使い捨てのノコギリが普及し、それを使うプロとしてのプライドを持たない大工や建具屋が増え、さらには、電動ノコギリが颯爽《さっそう》と登場してきた。要するに、《ノコギリの目立て屋》は過去の遺物になりかかってて、もうすぐ博物館行きさ。でも、確かに存在はしてるんだ。この世界のどこかにね。そして、僕たちの知らないところで、せっせとノコギリを砥いでる。せっせとね」

　Kはそこでいったん言葉を切り、僕に向かって笑みを見せた。僕は先を促そうと、言った。

「それで？」

　Kの顔から笑みが消えた。

「さて、君は僕の何を知ってる？」

「どういう意味だい？」

「僕はこうして日本語を喋ってるけど、もしかしたら、日本人じゃないかもしれない。こんなふうに男の身なりをしてるけど、もしかしたら、男じゃないかもしれない。僕が名乗ってる名前も、もしかしたら、偽名かもしれない」

僕が不審をあらわにした口調でそう訊いても、Kは気にするふうもなく、続けた。

「まあ、僕じゃなくたっていい。たとえば、君の両親がこれまでどんなふうに生きてきたかを知ってるかい？　履歴書に書かれるようなことを言ってるんじゃないよ」

質問の意図がにわかには理解できず、戸惑っていると、Kは口元に薄い笑みを貼りつけ、言った。

「君のお父さんはむかし、人を殺したことがあるかもしれない。君のお母さんはいま、不倫をしてるかもしれない」

「ありえないよ。僕の両親は真面目だけが取り柄のようなもんなんだ」

「ありえないことなんて、この世界に何ひとつとしてない」Kは断固とした口調で、言った。「君が気づいていないだけなんだ。それに、考えようとしない。洞察力と想像力の欠如。ただそれだけのことなんだよ。それじゃ、上原彩子はどんな人間だった？　上原彩子は不倫をするような人間だったかい？」

反駁する言葉を持たなかった。Kは続けた。

「まあ、平凡に生きていくなら洞察力と想像力なんて必要ないんだ。他人が創り出した常識や価値観に寄り添って生きていったほうがいい。そのほうが幸せだ」

「皮肉なのかい？」

「分かってないな、僕は真理を口にしてるだけなんだ。たとえば、毎朝、すし詰めの電車で会社に通ってるサラリーマンが余計な洞察力と想像力を持ったらどうなると思う？　自分とキスするみたいに向かい合ってる男が、連続殺人犯だって気づいたり、だったらなんて想像し始めたら、頭がおかしくなるに違いないよ」

「分かるような気がする」

「いや、分かってないと思うね。君はまだ常識の範疇《はんちゅう》でものを考えてる。いいかい、実際に、連続殺人犯は電車に乗ってるんだ。覚醒剤が切れかかってる人間だって乗ってる。強姦《ごうかん》魔だって乗ってる。電車だけじゃない。君の主治医はバラバラ殺人の趣味を持ってるかもしれない。君の家の隣人は冷酷無比な誘拐犯かもしれない。道端ですれ違う人間、映画館で隣に座る人間――」

「そんなことを考えたら、生きていけないよ」

「その通り。だから、幸せになりたかったら余計な洞察力と想像力を持たないほうがいい。それに、目の前に存在してる死から目をそむけて、手頃な快楽を追い求めて生きていったほうがいい。実際、ほとんどの人はそうやって生きてる」

束の間、沈黙が漂ったけれど、居心地の悪いものではなかった。僕はすでに平衡感覚を失い、得体の知れない陶酔に身を浸しながら、Kが存在する世界と向き合っていた。

「前置きが長かったね。さて、いま君の目の前にいる僕は何者なのか」Kはそう言って、柔和な笑みを顔に広げた。「僕は殺し屋なんだ」

僕はただ黙って頷いた。Kは続けた。

「正確に言うと、『殺し屋だった』ってことになるんだろうけど。そこらへんの事情はあとで説明するよ」

僕はまた、ただ黙って頷き、Kもまた当然のように言葉を継いだ。

「僕はね、この国で生まれ育って、この国の人間のふりをして生活してるけど、実はこの国の人間ではないんだ。この国からさほど遠くないある国家の《現地要員》として、人を殺すために生まれてきた。生まれた時からそう決まってた」

「運命、ってやつかい？」

「その通り。僕は選択肢を持って生まれてこなかった。幼い頃から、人を殺すためだけに育てられたんだ。僕を育ててくれた人も殺し屋だった」

「いうなれば、世襲の殺し屋？」

「その通り。祖父の代から続く、由緒正しい殺し屋の家系の出なんだ」

「いままでどれだけの人間を殺した？」

「谷村も勘定に入れると、八人。盲点だろ？　一流大学に通ってる学生が殺し屋だなんて」

「ああ。君がそうと知ってたら、緊張感のあるキャンパス・ライフを過ごせたかもしれないね。それにしても、どうして大学なんかに通ってるんだ？」

Kの顔に笑みが浮かんだ。

「例の、実家が《ノコギリの目立て屋》の友だちは、幼い頃から目立て屋になるための修業を積まされてたらしいんだ。でも、高校に上がった時、突然父親に廃業を知らされて、こうなったら大学に行って就職するしかない、って思ったそうだよ。僕も同じようなものだね」

「同じようなもの、ってどういうこと？」

「僕が暗殺の仕事にやっと馴れ始めた頃、僕の雇い主だった、ある国家の体制が変わったんだ。まあ、トップの首がすげ替わっただけで、中身はなんにも変わってないんだけどね。新しいトップは僕をリストラ要員にした。なぜなら、僕が教わった暗殺の方法はひどく旧式だったし、色々とコストもかかる。現代の暗殺の主流は確実性の高い化学薬品でね、コストもめっぽう安いんだ。それに、人間のように暗殺の瞬間にためらいもしない。とにかく、職を失った僕は思った。こうなったら大学に行って就職でもするか、ってね」

僕はなんとなくおかしくて、笑った。Kはギブスをノックした。

コンコン。

「そろそろ行くよ」

「もう少しぐらい、いいじゃないか」

Ｋは困ったように肩をすくめた。

「少しだけだぜ」

僕は訊いた。

「君の趣味は？」

Ｋは苦笑を浮かべた。

「ジャズを聴くこと。どうだい、殺し屋っぽいだろう？　でも、映画の中の殺し屋みたいに、ジャズをＢＧＭに哀愁を漂わせながら煙草をふかしたり、酒を飲んだりするようなマヌケなことはしないよ。この仕事は健康が第一なんだ」

「出身地は？」

「東京」

「大学は楽しいかい？」

「つまらないね。でも、楽しんでるふりをしないと、浮いちゃうだろう？　一応、これでも犯罪者だからね。知ってるかい？　『木の枝を隠すなら森に、若い殺し屋を隠すなら大学に』って言葉があるのを」

「嘘だろう？」

「その通り」

「大学を出たら、どうする？」

「就職をするつもりはないよ」

「好きな女はいるかい？」

「いないね。でも、別に僕が殺し屋だからってわけじゃないぜ。まわりにタイプがいないだけさ」

「君のタイプは？」

「全身が性器のように見えない女」

「この国について、どう思う？」

「なんだよ、いきなり」

「どう思う？」

「住みやすくて、いい国だ」

「僕が訊いてるのは、そういうことじゃない」

「やめてくれよ。僕は政治の話が大嫌いなんだ」

「君は政治に操られて人を殺してきたんじゃないのか？」

「君の馬鹿さかげんも底がないね。確かに、僕は選択肢を持って生まれてこなかった。でも、運命に刃《やいば》を向けることはできるんだぜ。僕は僕自身のために人を殺してるんだ。

それがいやになったら、ゾウみたいに死に場所を探してこっそり姿を消すよ」

Kは椅子から腰を上げた。そして、またギブスをノックした。

コンコン。

「君と深く知り合えてよかったと思うよ。今回の一件のおかげで、決心がついたこともあるし」

「さっきもそんなことを言ったね。決心、てなんのことだい？」

Kは柔和な笑みを顔に浮かべながら、言った。

「さっき話した《ノコギリの目立て屋》の友だちはね、大学を三ヵ月でやめて、自分の居場所に戻って行ったよ」

「そして、今頃、どこかでせっせとノコギリを砥いでる？」

「そういうこと」Kはそう言ったあと、握手を求めて片手を差し出した。「お別れだ。君の立派な死に際を期待してる」

僕はKの手を無視して、言った。

「僕を殺してくれないか」

ギャーッ！

Kは天井を見上げながら、何もかもにうんざりしたような表情を浮かべ、収まる場所を失った手をゆっくりと下ろした。僕はかまわず、続けた。

「すべてを暴露する、って言ったら、殺してくれるかい？」

　Kは長いため息をついた。

「まだそんなことを言ってるのか。君たちが暮らしてる世界に《ノコギリの目立て屋》が存在しないように、国家専属の元殺し屋も存在しないんだ。暴露しようがしまいが君の勝手だけど、残りの時間を精神科病棟で過ごしたくなかったら、無茶はしないことだよ」

　ギャーッ！

　悲鳴の余韻が過ぎ去るのを待って、僕は言った。

「分かってくれないか。僕にはもう何も残ってない。スクラップ同然さ。そんな僕が立派に死ねるわけがないだろう？　きっと、死ぬのが怖くなって、無様《ぶざま》な姿を見せるに決まってるんだ」

「死ぬのが怖くない人間なんて、いないよ」Kはきっぱりと言った。「ところで、ひとついいことを教えてやるよ。スードラがスードラでなくなる方法がある」

　僕は先を促すように、Kを見つめた。Kは言った。

「インドから出て行くか、インド自体を変えちまうんだ」Kはそう言って短くため息をつき、続けた。「とにかく、自分のケツは自分で拭くんだね。手が動くうちに」

　Kは僕の前を離れ、ドアに向かって歩を進めた。Kの手がノブにかかった時、僕は最後の問いを発した。

「あした、死ぬとしたら、何をする？」

Kはノブに手をかけたまま、ゆっくりと振り向いた。その顔には不敵な笑みが浮かんでいた。

「死ぬもんか。あしたもあさっても生き延びる」

## 7

Kが僕に別れを告げた日の夜、眠れなかった僕は、暗闇の中で、なくなった上原彩子のハンカチの代わりに、Kがくれたガーベラの輪郭をぼんやりと見つめていた。

真夜中過ぎのことだった。深閑《しんかん》とした入院病棟の雰囲気が、突然、無数の靴音で掻き乱された。僕はしばらくのあいだ、かすかに聞こえてくる緊迫した様子の声の響きや、慌しい靴音が飛び交っている混沌《こんとん》とした雰囲気に耳をすませていた。にわかに収束することがなさそうな気配だった。

僕はギブスのついた足をかばいながら慎重にベッドから下り、窓際に立って、カーテンを引いた。そして、裏庭に面した窓を開け、冷たくて清浄な夜の闇に顔を浸した時、僕の視線はそれが当然のように下のほうへと吸い寄せられた。

幻覚だったのかもしれない。でも、僕は確かに見た。裏庭の遊歩道にKが立っているのを。Kは乏しい光を発している外灯の下から、僕のことを見上げていた。なんらかの意思がこもった動作を示すわけでもなく、ただ、僕を見ていた。

目を凝らして、Kの表情のどんな断片でも読み取ろうとした瞬間、Kは踵《きびす》を返し、遊歩道を足早に歩き去っていった。僕は、Kの姿が遊歩道の先に広がる漆黒《しっこく》の闇に埋没するまで、Kの後ろ姿を見つめ続けた。


翌朝、深夜の混沌の正体が明らかになった。

僕と同じ入院病棟に極秘で入院していた右翼系の大物政治家が、急死したのだった。まあ、極秘とは言っても、終始断末魔のような悲鳴を上げ続け、自分の所在を明らかにしていたのだけれど。死因は心筋梗塞《こうそく》と発表された。

ちなみに、数年前、その政治家に関するまことしやかな噂が世間で取《と》り沙汰《ざた》されたことがあった。その政治家が、どう考えても思想的に折り合うはずのない、ある国家と癒着関係にあったというものだった。スパイ小説の口調を帯びたその噂は、非現実的な様相を際立たせた分だけ真相に関する追及もほとんどなく、やがてはそれが当然のように忘れ去られていった。

昼に、刑事と名乗る男がふたり、個室に現れた。不審な人物を見かけなかったか、と訊かれたけれど、首を振った。見舞い人のリストの作成を半ば強制された。Kの名前は入れなかった。ギブ・アンド・テイクだ。

刑事たちが去ってすぐ、いつもの若い看護婦が定期検温のために病室にやってきた。検温をしているあいだ、看護婦は政治家の不審な死について喋り続けた。看護婦たちのあいだで流れている噂では、政治家の死体の頭は百八十度回転していた、ということだった。

「身体は仰向《あおむ》けなのに、顔だけうつ伏せだったらしいのよ。なんだか、怖いわよねえ」

看護婦はそう言って、身体を小さく震わせた。

「怪談みたいな話ですね」僕は笑いながらそう言って、続けた。「政治家はお喋りだから、これ以上余計なことを喋らないように顔だけうつ伏せにされたんじゃないんですか」

看護婦は怪訝《けげん》な表情を浮かべながら、面白いこと言うのね、と言い、続けた。

「だけど、殺すにしても、もっと違う方法はなかったのかしらね。たとえば——」

「拳銃《けんじゅう》とかナイフとか毒薬とか？」

「そう、そういうの。首を折るとか、そういうのはいまどき流行《はや》んないわよねえ」

僕は若い看護婦の無邪気な口調に、笑った。

「ところで、その殺された人はなんの病気だったんですか？」

「末期の肝臓ガンよ」

看護婦はそう言ったあと、バツが悪そうに僕から視線をそらし、僕の脇に挟まっていた体温計を抜き取った。

「政治家はあわれよねえ」看護婦の声には、せいいっぱいの悲哀がこめられていた。「身体が悪くなったら終わりだもの。入院したての頃は見舞い客もいっぱい来てたのに、最近じゃ、そばにいたのは家族だけよ。秘書だって顔を見せなくなったんだから」

「それじゃ、これ以上苦しまないで死ねて、幸せだったのかもしれませんね」と僕は言った。

看護婦はしみじみといった感じで頷き、思い出したように、この話は内緒よ、と言った。僕は頷いた。

病室を出て行く前、看護婦はベッドサイド・テーブルの花瓶にさしてあるガーベラを見て、うっとりとした表情を浮かべながら、言った。

「あの男の子は今日は来ないの？」

僕もガーベラの花を見ながら、答えた。

「ええ、たぶん」

＊　＊　＊

Kとの訣別《けつべつ》から一週間後、僕は昏睡《こんすい》状態に陥った。

三日ものあいだ、眠り続けたらしい。まあ、どうにかこちら側に戻ってくることができた。

意識を取り戻すと、父は僕の手を握り締めていて、母は喜びのあまり大声を上げて泣いていた。そして、主治医は僕の意志の力を褒めた。僕は彼らの様子をただぼんやりと眺めていた。驚くほどに心は凪ぎ、うだるような現実と日常への従容《しょうよう》とした赦《ゆる》しだけを感じていた。

さて、こちら側よりあちら側で見てきたものの話をしたいと思う。そこにはお花畑も三途《さんず》の川もなく、静謐《せいひつ》な光に満ち溢れてもいなかった。そこは一度も見たことも行ったこともない、大学の屋外駐車場だった。

僕は夜の闇を背景に、駐車場の敷地の真ん中で膝を抱えながら座っていた。そして、乏しい外灯の光の膜の中で目を凝らし、入り口を見つめていた。

当たり前のように谷村が現れたが、僕は谷村を無視して、入り口を見続けた。すぐに基本書を手にしたKが現れた。谷村は入り口近くに駐《と》めてある車のそばで立ち止まり、ポケットに手を入れ、キーを探している。谷村まであと大股《おおまた》一歩分の距離に近づいたKは、谷村の背中に声をかけた。何を言ったのかは、聞こえなかった。谷村が怪訝そうな表情を浮かべながら振り向いた瞬間、Kの全身が躍動した。

閃光《せんこう》が走った。半円形を描いた閃光の軌跡は薄い闇をぱっくりと上下に切り裂き、新しい闇が傷口を埋めるまで圧倒的な光を湛《たた》えていた。僕はその圧倒的な光に見とれていた。取り巻く世界を揺るがすような恍惚感《こうこつかん》が全身に満ち、肌を波立たせ、叫びでも上げて放出してしまわなければ気が狂ってしまいそうだった。しかし、唇を噛み締めることで、どうにか堪《こら》えた。

Kは地面に横たわっている谷村の死《し》骸《がい》を一瞥したあと、そのそばに基本書を置いた。そして、駐車場を眺めまわし、僕を見つけ、些細な悪戯を見《み》咎《とが》められた子供のように肩をすくめた。

僕はゆっくりと立ち上がり、Kは僕に向かってゆっくりと歩を進めた。数歩分の距離を残した位置でKの足が止まり、僕たちは対峙した。

「見てたかい？」

頷いた。

「芸術的だったろう？」

頷いた。

「僕は殺し続けるよ」

頷いた。

「生き延びて、君の分まで殺し続ける」

頷いた。

「君は安心して死んでくれ」

頷かなかった。

Kは何かを分かったように微笑し、踵を返した。ゆるぎない足取りで歩を進める。そして、敷地から出た途端、Kの姿は跡形もなく、消えた。


――また、強烈な眠りの波が襲ってきた。

どうやら、最期が近いみたいだ。でも、目を閉じて目の前に浮かぶのは、上原彩子の顔でも、甘美な記憶の断片でもなく、いまにも完全に閉じようとしている環だ。そして、それはひどくたるんでいる。

あした、死ぬとしたら、何をするだろう?

そう、半円を描いた閃光の軌跡を思い浮かべ、たるんだ環の半分と取り替えよう。残りの半分は最後の力を振り絞り、どうにか輝かせるしかない。圧倒的な光を放つ環が完成した時、僕は永遠の命を得、いつの日かこの世界に舞い戻るだろう。そして、僕の行く手を阻むものすべてに唾を吐き、後悔させる間もなく殺すだろう。
いまにも、たるんだ環が完全に閉じようとしている。
しかし、永遠の環が完成するまでは、生き延びるつもりだ。

# 花

その時のことは、よくおぼえてる。

なんの変哲もない四月の、ある月曜日の朝のことだった。

僕は生まれて初めて意識を失った。

勤めている銀行の、独身寮を出てすぐの路上を歩いている時、突然、激しい目眩《めまい》に襲われた。思わず立ち止まってしまった僕に、隣を歩いていた同僚が声をかけてきた。

「どうした？」

同僚の不審そうな顔が、ピントの合っていないカメラのファインダーを覗《のぞ》いているみたいに、ひどくぼやけて見え、その問いに答える間もなく、急に呼吸が苦しくなった。

そこからはあっという間だった。目眩がひどくなり、目に映るものすべてが醜く歪《ゆが》んで見えた。地面がグラグラと揺れ、膝《ひざ》を震わせる。自分の意志とは裏腹に、頭が前後左右に揺れた。通勤カバンがやけに重い。地中から見えない手が伸びてカバンを掴《つか》み、僕を引きずり倒そうとしている。

オーケー、そんなに欲しいならやるよ、どうせ、たいしたものは入ってないんだ。

カバンを手から離したのとほとんど同時に、息苦しくなった。見えない手が、僕の口と鼻をぴったりと押さえている。

オーケー、俺の負けだよ。

許しを乞《こ》うように地面にひざまずき、顎《あご》を上げ、気管をまっすぐ伸ばすようにして、激しく喘《あえ》いだ。

「大丈夫か？」

同僚の声が合図だったかのように、見えない手が口と鼻から離れ、今度は、後頭部に思い切り押し当てられた。次の瞬間には、地面が目の前に迫ってきていた。顔が地面にぶつかる、ガツン、という音とともに視界が暗闇に覆われた。同僚の声が遠くから、かすかに聞こえてくる。その声を聞き取ろうと、ありったけの神経を耳に集中させようとした。ダメだった。

スイッチが切れた。

パチン。

翌日の朝、寮からそれほど遠くない場所にある、大学病院で意識を取り戻した。

目覚めてすぐに、むりやり車椅子に乗せられ、《脳神経外科》の診察室に連れていかれた。

　中年の担当医師は、僕が意識を失っているあいだに撮った、脳の血管造影画像とやらを見せてくれた。画像には、脳の中に蜘蛛《くも》の巣のように張り巡らされている無数の血管が白く、鮮やかに浮かび上がっていた。

　医師はその中の一本を、ボールペンで指し示した。それは、先端が米粒ぐらいの大きさに膨らんでいた。僕が先天的にもって生まれた動脈瘤《どうみゃくりゅう》だった。生まれ立ての頃は小さかったものが、二十五年分のコレステロールやらストレスやらなんやらの、身体に良くない要素が原因で、ブクブクと肥えてしまったらしい。

「破裂してしまう前に、手術して摘出しましょう」と医師は無表情に言った。

　あまりに唐突な展開に僕が混乱していると、医師は、今回動脈瘤が破裂せずに意識を失っただけで済んだのは奇跡に近いのです、と続けた。

「もし動脈瘤が破裂していたら、どうなっていたんですか？」と僕は訊《き》いた。

　医師は言葉を選んでいるのか、少しのあいだ沈黙を保ったあと、言った。

「それは誰にも分かりません。ただ、あまり良いことにはなっていなかったでしょう」

　僕が戸惑い、沈黙していると、医師はそれを相変わらず手術に対するものと思ったのか、諭すような口調で言った。

「たとえは悪いかもしれませんが、あなたは爆発時間がいつにセットされているか誰にも分からない時限爆弾を、頭の中に抱えながら生きているようなものなのです。爆発は五秒後かもしれない。五分後かもしれない。五年後かもしれない。でも、そんな予測不可能な時限爆弾を頭の中に抱えたまま、普通の生活が営めるとは思わないでしょう？」

手術に同意するほかなかった。医者に両親の所在を訊かれ、手術の同意を取るように言われた。どうして僕の同意だけでは不十分なのかを問い質《ただ》すと、医師は、盲腸の手術とは違うのです、と言った。

「とても危険な手術になりますし、それに、あなたの動脈瘤は大脳辺縁葉後端部という場所にあるのです。そこは記憶機能に重要な役割を果たしているとてもデリケートな場所で、動脈瘤を摘出できたとしても、何かのはずみで記憶機能に障害が残ってしまうかもしれません。だから、もしそうなった時のために近親者の同意が必要なのです」

僕は、記憶機能にどんな障害が残るのかを訊いた。医師は、症例で一番多いのは『逆行健忘』です、と言った。それは健忘症の一種で、発症以降の新しい事柄は記憶できても、以前にあった事柄の記憶は一切思い出せなくなる病気らしかった。つまり、僕が生まれてからこれまでにせっせと溜《た》め込んで来た二十五年間の記憶が、すべてなくなってしまうというわけだ。たとえば、両親や友人たちの顔、電車のキップの買い方、トイレの水の流し方――。もしかして、笑い方や、歩き方まで？

「『逆行健忘』になった場合、当分のあいだは自立生活が困難になるので、近親者の保護が必要になるのです」と医師は言った。

　僕が、その健忘症が治る病気なのかどうかを訊くと、医師は、相変わらず無表情のまま、答えた。

「残念ながら、治癒の確率は非常に低いです」

　頭の中の時限爆弾。

　死、もしくは二十五年間の記憶の喪失――。

　目の前に突きつけられた途方もなく冷酷な現実に言葉を失くしている僕に、医師は初めて笑みを向けた。そして、些細《ささい》な悪戯《いたずら》の顛末《てんまつ》を語る時のような気軽さを声に滲《にじ》ませながら、言った。

「あくまで余談として話すのですが、欧米では健忘症の患者に、ある実験を試みてましてね。たとえば、患者が発症前に好んで聴いていた音楽を何度も聴かせたり、好んで読んでいた小説を何度も読ませたり、好んで食べていたものを毎日三食与えたり、好んで行っていた場所に何度も連れて行ったり、といった具合に、まるで薬みたいに定期的に、また、辛抱強く患者にとって印象深い記憶を与え続け、感覚を刺激するんです。すると、それらが強力な電気信号になって脳に送り込まれ、化学反応を起こし、壊れていた記憶機能を元通りに修復することがあるんです。まあ、あてになる話じゃありません。何件かの治癒例が報告されていますが、たまたまなんらかの偶然が作用しただけのことかもしれませんからね。どうです、冗談みたいな話でしょう?」

白紙のままの手術同意書を持って、病院を出た。

病院の前の歩道は桜並木になっていて、満開の時期を迎えた木々には薄紅の花が無数に咲いていた。昼の光に照らされキラキラときらめく薄紅は、その時の僕にはただ目に眩《まぶ》しく、鬱陶《うっとう》しいだけだった。

寮に戻り、部屋のベッドに寝転がった。

昼間の、シンと静まり返った寮の中にいると、頭の中で、コチコチと時を刻んでいる時限爆弾の音が聞こえてくるような気がした。音が聞こえてこないように、音楽でも聴こうと背の低いCDラックを眺めた。聴きたいものがなかった。仕方なく、隙間だらけの本棚を眺めた。読みたい本がなかった。ベッドに戻り、枕を抱きかかえて寝転がった。不安を蹴散《けち》らすような食欲もなく、明るい展望に繋《つな》がるような特別な思い出も思い浮かばなかった。そこで、叫び声を上げる代わりに枕を壁に投げつけたあと、何度も何度も部屋の壁を殴った。もちろん、手術が滞りなく成功し、記憶機能になんの障害も残らない可能性だってあった。いや、脳の中の時限爆弾がずっと爆発しない可能性だって。でも、僕はそれらの可能性に賭《か》ける根拠を持っていなかった。

　夜になる前に寮を出て、大学時代から四年越しにつきあっている彼女のマンションへ向かった。マンションの近くの公園で、彼女が仕事から帰ってくるのを待っているあいだ、良い想像をするように努めた。こんなふうに。

　僕が抱えている問題を彼女に告げると、彼女は少しのためらいのあとに、こう言う。お願い、わたしのために手術をして。頷《うなず》く僕。堅く抱き合うふたり。手術は成功。もちろん、なんの障害も残らない。ハッピーエンド。

　彼女が戻ってきたのは、十二時を過ぎていた。どうしても断れない合コンにつきあわされて迷惑だったらしいのだけれど、その割りにはほろ酔い加減で上機嫌だった。部屋に上げてもらい、一連の出来事について話した。話を終えた時、彼女の眉間《みけん》には深い縦皺《たてじわ》が刻まれていた。機嫌が悪い証拠だ。

「そんな話を急にされても困るわ」と彼女は言った。

　僕は腹立ちをどうにか抑えて、これは急に起こったことなんだから仕方がないじゃないか、と言った。

　彼女はぷいと横を向いて僕から視線をそらし、沈黙の行に入った。僕は、とても気に入っている彼女の鋭角な顎のラインを見ながら、彼女の言葉を辛抱強く待った。僕が欲しい言葉はひとつだけだった。

どれぐらいの時間が経っただろう？ やがて、彼女の顎がゆっくりと動いた。

「もしもの時、わたしに看病して欲しいっていうわけ？」

病院から戻った翌日、僕は何事もなかったように、会社に出た。上司や同僚には、ただの貧血だった、と告げ、外まわりの営業に向かった。自転車で取引先の中小企業をいくつかまわり、社長たちの愚痴を聞いたり、札ビラを数えたりしながら、僕が思っていたのはたったひとつのことだった。

どうしてこんなことをしてるんだろう？

そんなわけで、僕は見事にバランスを崩し、歩いていたレールの上から滑り落ちてしまった。意識を失ったのは月曜日で、退職願を出したのは金曜日。上司にありったけの文句と嫌味をぶつけられながら、どうにか残務処理と引継ぎ業務を済ませ、翌週の土曜日には長野の実家に戻り、学生の頃に諦《あきら》めた司法試験に再チャレンジするために会社を辞めた、と両親に嘘をついた。日曜日は一日中寝て過ごした。その次の日曜日も。その次の日曜日も。その次の日曜日も——。

五ヵ月後、どうにか僕は生き延びていたけれど、営業成績と携帯電話と曜日と昼夜の別から解放された反動で、体重を十二キロ増やしていた。

そんなある日のこと、弁護士をしている大学時代のゼミの先輩から電話があった。僕が会社を辞めたのを誰かから聞きつけたらしく、急なアルバイトを頼みたいという用件だった。義理もあって、一応アルバイトの内容を聞いてみると、先輩の知り合いの弁護士が鹿児島まで車を運転してくれるドライバーを捜している、とのことだった。それも、高速道路は一切使わずに、国道だけを使って鹿児島まで行くのだそうだ。

詳しく聞くと、東京を起点にする国道1号線をただひたすら西に下れば大阪を起点にする2号線に繋がり、それをまたひたすら下れば北九州を起点にする3号線に繋がり、それをまたひたすら下ればいつの間にか終点の鹿児島に着いている、という行程らしい。

初めは引き受けるつもりなどほとんどないまま聞いていたのだけれど、その行程の単純明快さになんとなく心惹《ひ》かれるものがあった。

僕はその弁護士の人となりを尋ねた。すると、おぼえのある名前を耳にした。鳥越《とりごえ》弘《ひろし》。つい最近、二十五年もかかった冤罪《えんざい》事件の再審で被告の無罪を勝ち取り、マスコミに大きく取り上げられていた老弁護士だった。やることもなく、テレビばかり見ていた僕にとっては、お馴染《なじ》みの人物でもあった。

先輩はかなり高額なアルバイト料をちらつかせ、僕をどうにか食いつかせようとした。僕はアルバイト料のことは無視し、なぜ老弁護士がわざわざ大変なドライブをしようとしているのかを尋ねた。先輩はぶっきらぼうな口調で答えた。

「理由は教えてくれないんだよ。プライベートな用件だっていうのは聞いてるけど。興味があるなら、おまえが直接訊いてみればいい」


先輩からの電話があった三日後の朝、僕は数日分の着替えと免許証、それに、いくばくかの現金とクレジットカードだけを持って、東京に向かった。

老弁護士と鹿児島へ向かうために。

謎に満ちたドライブのわけを知るために。

## 1

約束の時間の午後一時ちょうどに東京駅の八重洲《やえす》口に着くと、改札の脇に紺のスーツ姿の初老の紳士が立っていた。テレビの画面で見たことのある顔だった。豊かな白髪に広めの額、顔のどのパーツにも堅い意志がこもって見え、こけた頬は二十五年間の戦いに勝利した男の矜持《きょうじ》を表しているように思えた。

僕は改札を通り抜け、鳥越氏の前に立った。

「はじめまして」僕は頭を軽く下げながら、言った。「野崎《のざき》です」

「鳥越です」鳥越氏は、顔中の皺を柔和な笑みで深めながら、言った。「どうぞよろしく」

僕たちはどちらからともなく手を差し出し、握手を交わした。それはとても自然な感じの握手だった。鳥越氏の手は温かかった。

鳥越氏が、車は駅前の地下駐車場に駐《と》めてある、と言うので、僕たちはさっそくそこに向かって歩き出した。

駅の構内を出て、昼の眩しい光の中を黙々と歩き、駐車場に繋がっているスロープに足を踏み入れ、仄暗《ほのぐら》い闇が支配する地下へと下っていった。

駐車場の中を二十メートルほど歩くと、ようやく目が明暗の落差に馴れ、きちんと整列駐車している車の車種や色まで判別できるようになった。

僕を先導するために少し先を歩いていた鳥越氏が立ち止まり、振り返った。

「これが、そうです」

鳥越氏が目線で指し示した先を見た。駐車スペースに駐めてあったのは、真っ白な車体のスターレットだった。個人的には車種に関する偏見はないけれど、その小型車はどう見ても鳥越氏の風格にはそぐわない感じがした。それに、正直言って、僕はＢＭＷやらベンツやら４ＷＤでのドライブ旅行を想像していたのだ。

僕の戸惑いにおかまいなく、鳥越氏はスーツのポケットを探って、車のキーを取り出そうとしていた。まあ、一流の弁護士がスターレットに乗ってはいけない、という法はどこにもない。それに、小さな車のほうが何かと足まわりが良くて、運転する僕にとっては都合が良いのかもしれなかった。

鳥越氏がポケットからキーを取り出したので、受け取ろうと手を差し出した。鳥越氏は一瞬不思議そうな表情を浮かべたけれど、すぐに意味を理解したらしく、言った。

「話がうまく伝わってないみたいだね」

「どういうことですか？」と僕は訊いた。

「運転はできるだけ私自身がしようと思っているんだ。ただ、私は頭痛持ちでね、時々その薬を飲まなくてはならない。そうなると、ひどい眠気に襲われるから、その時だけ運転を代わってもらいたいんだ」

僕にとって問題になることは、何もなかった。僕は頷いて、手を引っ込めた。

鳥越氏は運転席側のドアを開けたあと、上半身だけを車内に入れ、助手席側のドアのロックを解除した。

「座って待っててもらえるかな」

車内から鳥越氏の声がした。僕は言われた通りに車に乗り込み、シートに腰を下ろした。シートには、透明なビニールカバーがかかっていた。ほとんど汚れていない真っ白な車体といい、どうやら買って間もないようだった。

鳥越氏はシートに座る様子はなく、腕を伸ばして後部座席から大きめの紙袋を掴み、上半身を車内から引き抜いた。そして、紙袋を地面に置き、服を脱ぎ始めた。上着、ネクタイ、ワイシャツ、ランニング・シャツ。脱いだものは片っ端から後部座席に放り込む。痩《や》せ細った上半身があらわになった。鳥越氏はまず、紙袋の中からインディゴ・ブルーのダンガリー・シャツを取り出し、身に着けた。それから、スラックスがジーンズに、薄手の黒い靴下が白いスポーツ・ソックスに、黒い革靴がナイキのブルーのスニーカーに変わる一連の様子を、僕は言葉もなく、ただ呆然《ぼうぜん》と眺めていた。鳥越氏は僕の戸惑いを感じ取ったのか、ついさっきまで徹夜で仕事をしてたもんだから着替える暇がなくてね、と少し大きな声で車内に向かって言った。僕は、そうですか、と小さな声で相槌《あいづち》を打った。

着替え終わり、僕と同じような格好になった鳥越氏は、運転席に乗り込んだ。

「どうだい、似合うかな？」と鳥越氏は冗談めかして、訊いた。

「いま、おいくつですか？」

「五十八だ」

「三十代に見えますよ」

「それは言い過ぎだよ」鳥越氏はそう言って、照れ臭そうな笑みを浮かべた。

鳥越氏が、ジーンズのポケットから車のキーを取り出した。

「さて……」

鳥越氏は少しのためらいのあと、キーをイグニッションに差し込み、ゆっくりと右にまわして車に命を吹き込んだ。エンジンが唸《うな》り声を上げ、車体がブルブルと小刻みに震えた。鳥越氏は、その震えを抑え込もうとするかのように両手でしっかりとハンドルを握り、そして、目を閉じた。車は、鳥越氏に次の動作を促すように、相変わらずブルブルと震えている。でも、鳥越氏は目を閉じたまま動かなかった。時間にすれば、一、二分のことだったと思う。僕には、その様子が厳粛な儀式のように見えた。鳥越氏が何に祈りを捧《ささ》げているのかは、想像もつかなかったけれど。

鳥越氏が目を開けた。そして、無理に作った笑みを僕に向けながら、言った。

「出発するとしよう」

僕はただ黙って、頷いた。

東京駅から港《みなと》区の札《ふだ》の辻《つじ》という場所に向かい、国道1号線に乗った。時々渋滞に引っ掛かりながら品川《しながわ》区と大田《おおた》区を通り抜け、川崎《かわさき》市に入った時、久し振りに鳥越氏が声を出した。

「すまないが、グローブボックスの中に入っているカセットテープを、デッキに入れてもらえるかな」

言いつけ通りにグローブボックスを開けると、中にはカセットテープが五本と、細長い茶色の封筒、そして、薬の小瓶らしいものが入っていた。適当に選んだカセットテープを取り出し、ステレオデッキに差し込んだ。ピアノが、ソロで透き通った音色を奏で始めた。耳におぼえのあるメロディだったけれど、曲名その他はおぼえがなかった。少しのあいだ、黙って耳を傾けたあと、僕は言った。

「きれいなメロディですね」

「ショパンだよ。聴くのはかなり久し振りでね」鳥越氏は上の空といった口調で、答えた。

「なんとなくもの悲しい感じがしますね」

僕がそう言うと、鳥越氏はただ小さく頷いた。僕は、出発した時からきちんと焦点の合っていない目で運転している鳥越氏を見て、はたしてなんらかの問いを発するべきなのかどうか迷っていた。質問事項はいくらでもあった。そもそも、このドライブの発端から。でも、結局は黙って車の進行を見守ることにした。僕は話の聞き手として優秀なほうではなかったし、それに、必要があれば鳥越氏が自然に口を開くだろう、と思ったのだ。

横浜《よこはま》市に入った頃、日がうっすらと暮れ始めた。早めの夕食をとろう、という鳥越氏の提案に従い、国道沿いのファミリーレストランに入った。ほとんど言葉を交わさずに、鳥越氏は和風の定食を、僕はクラブサンドイッチを腹に詰め込んだ。

「サンドイッチだけで足りるのかい？」

食後のコーヒーを飲みながら、鳥越氏はそう訊いた。

「会社を辞めてから、かなり太っちゃったんです」僕は腹をさすりながら、言った。

「だから、今回のドライブのあいだ、ダイエットをしようと思っているんです」

鳥越氏はゆっくり頷いて間を取ったあと、言った。

「どうして会社を辞めたんだい？」

いつかは訊かれると思っていたけれど、どう答えるべきかはまだ決めていなかった。僕が逡巡《しゅんじゅん》しているのを見て、鳥越氏は優しい声で言った。

「言いたくなかったら、いいんだよ」

鳥越氏に悪い気がして、何かを言おうとした。でも、言葉が出てこなかった。最初の一言なのだ。それさえうまく出てくれば、僕はいつまでも止むことなく話し続けられる気がしていた。

結局、最初の一言は出てこなかった。バツの悪い沈黙が漂ったので、雰囲気を変えるために、僕は訊いた。

「そういえば、いつまでに到着しなくちゃならない、といったような予定はあるんですか？」

鳥越氏は失念を恥じるように少しだけ顔を歪め、言った。

「一応、土曜日までに鹿児島に着かなくてはならないことになっている」

今日は月曜日だった。すると今日の残りを入れて、あと四日と少し。ノンストップの強行軍とはいかないまでも、たぶん、余計な寄り道はできない状況だった。

「そうなると、どこかに泊まったりする余裕はないかもしれませんね」と僕は言った。

「すべてが急に決まったことで、色々調整する暇がなかったんだ」

「僕はちっともかまいませんけど、鳥越さんは大丈夫なんですか？」

鳥越氏は僕の問いに答えず、その代わりに僕に向けていた視線をゆっくりテーブルの上に落とした。なんだか深いため息が聞こえてきそうな動作だった。鳥越氏は視線を上げないまま、言った。

「実はね、君には悪いんだが、ここでUターンして東京に帰ろうかと思っているんだ」

僕は驚きが通り過ぎるのを待って、訊いた。

「どうしてですか？」

「手前勝手な理由だよ。アルバイト料は全額ちゃんと渡すから、それで勘弁してくれないか」

僕は黙ったまま、鳥越氏が視線を上げるのを待った。鳥越氏は下ろした時と同じように、ゆっくり視線を上げた。

「アルバイト料はいりません」僕はきっぱりと言った。「その代わり、このドライブを始めようとした理由を教えてもらえませんか。僕は、それを知りたいためにアルバイトを引き受けたようなものなんです」

鳥越氏は力なく笑った。「君も酔狂な人間だな」

僕も力なく笑って、言った。「僕が会社を辞めた理由は、司法試験にチャレンジするためなんです」

話の継《つ》ぎ穂《ほ》を見失ってしまった鳥越氏の顔に、戸惑いが浮かんだ。僕は続けた。

「というのは嘘です。みんなにはそう言ってますけど、実は、僕は近いうちに死ぬかもしれないんです。そのことは、みんなには言ってません」

鳥越氏の顔から戸惑いの色が消え、驚きの色が濃く浮かんだ。僕はコーヒーを飲んで口の中を潤したあと、頭の中の動脈瘤にまつわる一連の出来事をざっと話した。鳥越氏の顔には、いつの間にか深刻な色が浮かんでいた。

「そんなわけで」僕は鳥越氏の深刻の色をどうにか消そうと、取ってつけたような明るい口調で、続けた。「会社を辞めてから五ヵ月のあいだ、毎日、いつ死んでもいい、と思いながら生きてきました。でも、あなたの不思議なドライブの話を聞いた時、どういうわけかその謎を抱えたまま死にたくない、という気持になったんです」

鳥越氏は真剣な眼差《まなざ》しで僕を見つめ、言った。

「たいした理由でもないんだが」

「それでも、かまいません」

鳥越氏は僕の言葉に小さく頷き、店内を見まわした。夕食時の客で、入口のところに長い列ができていた。鳥越氏は伝票をつまんで、言った。

「出ようか。続きは車の中で話そう」

2

「先週の月曜日に、聞いたこともない鹿児島のホスピスから突然電話があってね。むかし別れた妻がそこで死んだと言うんだ。肝臓ガンだったらしい」

車に乗り込んですぐ、鳥越氏はそう言った。車をスタートさせる気配はなかった。

鳥越氏は続けた。

「その別れた妻が、私あてに遺品を残したらしくて、それを取りにくるよう言いつけられた」

「別れたのはいつのことですか？」と僕は訊いた。

「もう二十八年も前のことだよ」鳥越氏の声に諦めの響きが含まれたような気がした。「遠いむかしのことだ」

僕は諦めの気配を消そうと、慌てて訊いた。

「遺品はなんだったんですか？」

鳥越氏は力なく首を横に振った。

「訊くのを忘れた。それどころじゃなかったんだ」

「どういうことですか？」

「二十八年前に別れた妻が、それがなんであれ、遺品を残してくれたことを知った時、私はどう感じたと思う？」

「僕なら」と僕は言った。「僕なら嬉《うれ》しく感じたかもしれません」

「私も同じだよ。私も嬉しかった。誰かに自分の存在をおぼえておいてもらえることほど嬉しいことはないからね。それに、彼女とは色々事情があって別れはしたが、決して嫌いで別れたわけじゃなかった。信じてもらえないかもしれないが——」

「なんですか？」僕は先を促した。

「信じられないかもしれないが、彼女と別れてから今日まで、彼女以外の女性に触れたことは一度だってない。私は——」鳥越氏は少しのためらいのあと、続けた。「私は彼女を深く愛していた。十年しか連れ添わなかったけれど、そのことに間違いはない。でも、ホスピスからの電話を受けている最中、私は自分の気持が信じられなくなった。自分に遺品を受け取る資格があるのか、疑問に思った」

「どうしてですか？」

「間抜けな話だよ」鳥越氏の横顔に、泣き笑いのような表情が浮かんだ。「彼女と別れてすぐ、私は彼女の写真や思い出の品をすべて捨てた。彼女の影を引きずりながら生きていくのは、ひどい苦痛のように思えたからね。ただ、彼女と一緒に過ごした十年を忘れるには、写真や思い出の品を捨てるだけじゃ不十分だった。だから、一心不乱に打ち込める冤罪事件の弁護を見つけ、彼女のことを忘れるために必死で弁護に取り組んだ。そう、二十五年をかけてね。そして、弁護が終わり、ホスピスからの電話を受けた時、私は混乱した。なぜなら、彼女の顔が思い出せなかったからだ。輪郭さえぼやけていて、正確な線を描かない。それに、彼女との思い出を探ろうとしても、私の記憶はまるで穴だらけの古い地図のようなもので、どこから思い出していいやらスタート地点さえ判然としなかった……」

　鳥越氏は何かを必死に探るような視線を、フロントグラスの先のほうへ向けた。鳥越氏の視線を追った。先にあるのは、駐車場に駐まっている車の群れだけだった。僕は黙って、言葉の続きを待った。

「本当に間抜けな話だよ」鳥越氏は、情けない声で言った。「私は彼女のことを本当に忘れてしまったんだ。それも、初めは忘れることに痛みをともなっていたのに、次第に痛みをおぼえることもなく、それがあたりまえのように記憶を失い続けてきたんだ。あんなに愛していたはずなのに……」

抜け落ちた記憶。消えてしまった愛《いと》しい人の面影——。

僕は胸の中でため息をつき、訊いた。

「このドライブには、どんな意味があるんですか？」

「私たちは、結婚式も披露宴もしなかった。色々と事情があったし、金が充分になかったこともあるけれど、それ以上に結婚という儀式をふたりだけのものにしたかった。だから、籍を入れた当日、友人から軽自動車を借りて、ドライブ旅行に出ることにした」

僕が残りを引き取った。

「そして、鹿児島へ向かった」

鳥越氏はかすかに微笑み、頷いた。

「初めは行き先なんて決まっていなかった。でも、彼女が言った、南の涯《はて》まで行きましょう、という言葉で鹿児島行きが決まった。まだ沖縄が本土に復帰してない頃の話だよ」

「南の涯、なんてロマンティックですね」

「単純な発想なんだよ」鳥越氏は苦笑して、続けた。「私たちはふたりとも寒がりで、『南』という音の響きに温《ぬく》もりを感じただけなんだ。もっとも、結婚したのは九月で、たいして寒くはなかったんだが」

　僕は短く笑った。鳥越氏は僕の笑い声が止むのを待って、言った。

「私たちは高速を使ってズルをせずに、国道1号2号3号を連ねて、ただひたすらまっすぐに南下した」

「それで、その時と同じように小さな車に乗り、同じ道をもう一度なぞりながら、奥さんとの思い出を取り戻していこうと思ったんですか？」

　鳥越氏は自嘲《じちょう》めいた笑みを顔に広げ、言った。

「安易な考えだったよ。むかしにしていたような格好に着替えて過去に擦り寄ろうとしたって、時はそんなに親切じゃない。街の顔をガイド役にしようと思っても、私の記憶にかすかに残っているむかしの顔とはまるっきり違っていて、知らんぷりを決め込んでいる。ここまで走ってきて、私が思い出せたのは、切れ切れの断片ばかりだ。その姿も浮かんではすぐに消えてしまう……」

　僕は鳥越氏の情けない声を車内から追い出してしまうために、強い口調で言った。

「たったここまで来ただけで、諦めてしまうんですか？」

鳥越氏は答えなかった。僕は続けた。

「奥さんが鹿児島で死んだことに、理由がないと思うんですか？」

「だからこそ、この方法じゃ行けない」鳥越氏は、か細い声で言った。「この方法で充分に思い出せなかった時のことを考えると、彼女のすべての思いを無駄にしてしまうような気がするんだ」

「それじゃ、ズルをして飛行機や列車に乗って行くわけですか？」

鳥越氏はうなだれるように、ハンドルに額を載せた。僕はかまわず続けた。

「このまま行きましょう。このまま行けば、きっとすべてを思い出しますよ。ただひたすら、バカみたいに奥さんの思いが残っている場所へ向かうんです。そんなに役に立つとは思えませんけど、僕がガイド役になりますから」

沈黙。

「ねえ、鳥越さん、このまま行きましょう」

僕は身じろぎもせずに、鳥越氏の反応を待った。

数分後、鳥越氏は顔を上げ、イグニッションに差し込んであったキーを右にまわし、エンジンをかけた。それと同時に、カーステレオが作動して、美しいピアノの旋律が流れ始めた。

車がファミリーレストランの駐車場を出て、頭を南の涯に向けて走り始めた。

僕は訊いた。

「奥さんはショパンが好きだったんですか？」

「恵子《けいこ》はショパンが大好きだった」鳥越氏は、はっきりとした声で答えた。「そう、彼女の名前は恵子というんだ」

## 3

車が茅《ち》ヶ《が》崎《さき》市に入った時、僕は訊いた。

「恵子さんとは、どうやって知り合ったんですか？」

鳥越氏はフロントグラスの先に広がっている闇を見据えながら、ひとつひとつの言葉を噛《か》み締めるようにしながら、喋《しゃべ》った——。

一九五七年、高校を卒業した鳥越氏はある有名な私立大学に入学した。法学部に入った。子供の頃からの夢である、弁護士になるためだ。弁護士になりたいと思うようになったのは、幼い日に《鳥越家の伝説》を父方の祖母から聞かされたせいだった。

東京の下町で左官業を営んでいた鳥越氏の父方の祖父は、関東大震災が起こって数日後、暴徒が隣近所に住んでいた親しい朝鮮人や中国人を虐殺していることを知り、納得いかねえ、と家を飛び出していった。享年は三十六だった。

祖父の性格を隔世遺伝で受け継いだ鳥越氏は、大人になったら《納得いかないもの》と戦うことに決めた。初めは警察官になろうと思ったそうだけれど、それを知った祖母に思い切り頭をはたかれた。鳥越氏の祖父は社会主義者と間違われ、自白を強要した警察の拷問が原因で死んだのだった。

「男は権力と戦ってなんぼだよ」

祖母の一喝で、鳥越氏の職業選択の幅は恐ろしく狭くなった。

鳥越氏は、大学で寝る間も惜しんで勉強した。実家が裕福ではなかったため、在学中に司法試験に合格し、早く国家から給料をもらえる司法修習生になるつもりだった。

瞬く間に二年が過ぎた。まわりには同じように司法試験合格を目指している仲間ができていた。仲間の一人である谷村という奴が、ある日、新しい仲間を連れてきた。同い年の女子学生だった。

一九五九年の初夏、鳥越氏と恵子さんはまだ二十歳だった。

「いまでは、その時の彼女の容姿をはっきりとは思い出せないけれど」と鳥越氏は言った。「ただ、彼女が美しかったことだけは確かだ。それだけは間違いない」

要するに、ひと目惚《ほ》れだった。それに、裕福な家庭で育った物腰を、ところどころでさりげなく見せる恵子さんが、下町育ちの鳥越氏の目には、とても魅力的に映った。

ふたりが友人の一線を越えたのは、恵子さんが転んだからだった。知り合ってひと月ほどが経ったある日、ふたりは数人の仲間たちと連れだって、昼食をとるために大学の図書館を出た。ちょうど図書館の敷地が終わる部分にブロックの低い段差があり、みんなとの話に夢中だった恵子さんはそれに気づかず、つまずいて、前のめりに転んだ。まるでスーパーマンが空でも飛んでいるみたいに、まっすぐ身体を伸ばしたまま倒れている恵子さんを見て、一緒にいた谷村が真っ先に笑い声を上げた。他の仲間たちも、谷村に釣られて笑った。もちろん、鳥越氏は笑わなかった。恵子さんは、なぜかすぐに起き上がろうとはせず、倒れた姿勢のまま顎を上げ、上目遣いに男たちを睨《にら》んでいた。笑い声が止んだ。恵子さんは男たちの顔を順々に睨みつけながら、目に涙を浮かべた。男たちは戸惑い、その場を一歩も動けなかった。もちろん、鳥越氏だけは違った。恵子さんに近寄り、両手を差し延べた。恵子さんは鳥越氏の両手を摑んで立ち上がったあと、鳥越氏の胸に顔を埋《うず》め、シクシクと泣いた。転んだ時に擦った顎から血が滲んでいて、鳥越氏のお気に入りの白いシャツを汚したけれど、知ったことではなかった。鳥越氏は狂おしいほどの愛情を恵子さんに感じていた。まわりに仲間がいなかったら、恵子さんをきつく抱き締め、恵子さんの身体にところかまわず嚙みつきたいような、そんな激しい衝動を感じていた。

その日から、ふたりはお互いのことをなんでも話し合う間柄になった。恵子さんは、自分の父親のことを《資本主義の権化》と呼んだ。ただの株好きの町の洋品店のオヤジだった恵子さんの父親は、一九五一年の朝鮮戦争停戦会議中止の際の、東京繊維株の暴騰でひと財産を作り、さらにはその金を鉄鋼株に転がした。折りからの朝鮮特需で恵子さんの父親の目論見《もくろみ》は面白いほどに当たり、まともに働いては絶対に稼ぐことのできない額の金を短期間で手に入れた。

その後、恵子さんの父親は『事業展開』を試み、都心に何軒かの洋品店を開いた。店には、《フランス風》の洋服を置いた。これがまた当たった。恵子さんの生活は短期間に、恐ろしいほど裕福になった。

恵子さんの父親は地元の名士会に入会し、家の庭にコリーを放し飼いにした。自分の娘が弁護士を目指していることについて、アカになるつもりか、と罵倒《ばとう》し、名士会で見つけてきた縁談を娘に押しつけようとした。相手は代議士の息子だった。恵子さんの父親は、恵子さんが大学を卒業後に、代議士の息子と結婚することを信じて疑わなかった。

「なんだか脂っこい話ですね」と僕は言った。

鳥越氏は苦笑して、言った。

「脂っこい時代だったんだよ」

恵子さんに比べると、鳥越氏は取り立てて話すべき事柄を持っていなかった。普通の会社員の家庭で育ち、家には犬を放し飼いできるような庭もない。それに、鳥越氏は堅物ともいえるほどに真面目で、気の利いた冗談も、女心を震わせる決め台詞《ゼリフ》も携えていなかった。でも、鳥越氏には《鳥越家の伝説》があった。何よりも恵子さんが気に入り、ことあるごとに話を聞きたがった。

そんなわけで、ふたりが親密さを感じ始めてしばらくのあいだは、鳥越氏の父方の祖父がふたりの仲を取り持っていた。そして、一九五九年の九月のある日、ふたりは初めてのデートで銀座《ぎんざ》に出掛けた。

「映画を観たのはおぼえているよ」と鳥越氏は言った。「作品がなんだったのかは思いだせないけれどね。哀しい映画で、彼女が泣いたような記憶がかすかにある」

「映画を観終わったあとは、どうしたんですか？」と僕は訊いた。

「確か、日比谷《ひびや》公園へ散歩に行ったはずだ。そこで、小さな花屋を見つけて……」

「見つけて、どうしたんですか？」

「何かの花を買って、彼女にプレゼントしたと思う、たぶん」鳥越氏はそうすれば記憶を搾り出せるかのように、ハンドルを何度も叩《たた》いた。「それで……」

「思い出せそうですか？」

しばらくの沈黙のあと、鳥越氏は大きく音を立てて舌を打ち、心底口惜《くや》しそうに言った。

「あの日のことだけは、一生忘れるはずはないと思ったんだけれどね」

「まだ先は長いですよ」と僕は言った。「ゆっくり思い出していきましょう」

4

日付が変わった。

小田原《おだわら》市に入ってすぐの頃から、鳥越氏の顔に苦痛の色が濃く浮かび始めた。運転を代わるために、車を停めてもらった。

助手席に座った鳥越氏は、グローブボックスに入っていた薬瓶から錠剤を取り出し、水なしで飲み込んだ。そして、本気とも冗談ともつかない口調で、言った。

「もし、眠ったまま起きないようだったら、どこか近くの病院にでも寄ってくれればありがたい。かかりつけの医師の診断書はグローブボックスに入っているから」

細長い茶封筒のことだろう。

「そんなにひどい頭痛なんですか？」と僕は訊いた。

鳥越氏は薄い笑みを僕に向けながら、答えた。

「いや、念のためにね。もう歳も歳だから」

僕はゆっくりと車をスタートさせた。海沿いから箱根《はこね》の山沿いの道に変わったぐらいから、めっきり交通量が減った。目に届く範囲には、他の車のライトの光はなかった。道の遥《はる》か先のほうまで、濃密な闇が広がっている。見えるのは、等間隔で置かれている、ポツンポツンといった街灯の乏しい光だけ。

久し振りの運転だったので、僕は手探りをするように慎重に車を進めた。隣では、鳥越氏が静かな寝息を立てていた。スピーカーからは、幾分強めのタッチのピアノソナタが流れ出ていた。僕は少しだけボリュームを下げた。

しばらく行くと、勾配《こうばい》の急な坂道に差し掛かった。長い長い坂道を上り切り、下りに入った。自然にスピードが上がる。小型車のせいか、タイヤの震動が直《じか》にハンドルに伝わり、カーブでは車にかかる遠心力を両手で抱えている重みがあった。ハンドルが大きくぶれないように、しっかりと握った。手に汗をかいていた。心臓が速く打ち始めている。突然、目の前に広がる道路が黒い氷のように見え、その上を滑っている恐怖に襲われた。坂の途中で急ブレーキを踏んだ。タイヤが甲高い悲鳴を上げる。ハンドルを左に切り、ガードレールぎりぎりに車を寄せたあと、エンジンを切り、ハンドブレーキを引いた。鳥越氏が目を覚ました。

「どうしたんだい？」

僕は手の震えを抑えようと、さっきよりももっと強くハンドルを握り締めた。ついでに膝《ひざ》の震えも止めようと、両方の膝頭を思い切り寄せて、くっつけた。ダメだった。手も膝の震えも止まなかった。僕は言った。

「レストランで、いつ死んでもいい、なんて言いましたけど、あんなの嘘っぱちです。動脈瘤のことを知ってからずっと、死ぬのが怖くてたまりませんでした。誰かにそのことを打ち明けたくて、でも、どういうわけか、できなくて……」

鳥越氏が手を伸ばし、僕の肩に優しく触れてくれた。心地良すぎて、痛いほどのぬくもり——。

泣くもんか、と思ったけれど、ダメだった。鳥越氏のぬくもりで僕の中で凍っていた何かが一気に溶けて溢《あふ》れ出してしまったかのように、涙がボロボロとこぼれ落ちた。

「死にたくないんです」

消え入るような声だった。そんな声を出すつもりはなかったのに……。

鳥越氏の優しい手が、僕の頭を撫《な》でてくれた。僕は、泣き顔を見られたくなくて、ハンドルの上に額を載せ、顔を隠した。鳥越氏の優しい声が、頭の上に降ってきた。

「そう簡単に死ぬもんか」

「いまこの瞬間にでも死んじゃうかも」

「そう簡単に死ぬもんか」

「運転してる最中に死んじゃうかも」

「そう簡単に死ぬもんか」

「鳥越さんには絶対に鹿児島に着いてもらわないと」

「そう簡単に死ぬもんか」

「でも……」

「大丈夫だよ。大丈夫」

僕がずっと欲しかった言葉。五ヵ月のあいだ、誰かが言ってくれるのを、ずっと待ち続けた言葉。

僕はハンドルに額を載せたまま、しばらくのあいだ、泣き続けた。たっぷり五ヵ月分の涙は流したと思う。そのあいだ中、鳥越氏はずっと僕の頭を撫でてくれていた。

「外に出て、新鮮な空気を吸おう」

僕が泣き止むと、鳥越氏はそう言った。僕たちは車の外に出て、ボンネットの上に座り、大きく深呼吸をした。秋の気配を感じさせる、少しだけ冷たい空気が身体の中に満ち、また出ていった。

「すごい星の数だね」

鳥越氏が夜空を見上げながら、言った。僕も鳥越氏に倣《なら》って、空を見上げた。山沿いで空気が汚れてないせいか、星がくっきりと、よく見えた。

「たとえば」と鳥越氏は言った。「たとえば、いま空から隕石《いんせき》が降ってきて、いまこの瞬間に、私たちを直撃することだってありえるわけだろう？」

「え？」

僕は顔を下ろし、視線を鳥越氏の横顔に移した。

「確率は低いかもしれないが、ありえないことじゃない」

「そうですね」

「直撃されたら、もちろん、私たちは死ぬだろうが、私は死ぬ瞬間になんの後悔も感じないと思うよ」

「…………」

「なぜなら、私は自分の意志で、ここにいるからだ。誰に命令されたわけでもなく、ここにいる。幸運だとか不運だとか、そんなことはどうでもいい。とにかく、ここで起こった結果に関しては、私はすべてを引き受けるよ」鳥越氏も夜空から顔を下ろし、僕の顔を見ながら、続けた。「歳を取って、それぐらいの覚悟はできた。ようやくね」

僕はその言葉に頷いた。それからしばらくのあいだ、僕たちは無言で夜の清浄な空気に身を浸した。

僕はもう一度夜空を見上げ、言った。

「でも、本当に隕石が直撃して死んだら、僕たちの友人知人は爆笑するでしょうね」

「確かに」と鳥越氏も夜空を見上げながら、言った。「新聞記事の見出しを見られないのが残念だね」

僕たちはほとんど同時に声を上げ、笑った。

車の中に戻る前に、鳥越氏に、どうする、と訊かれた。僕は、大丈夫です、と答え、運転席に乗り込んだ。

残りの坂道をゆっくりと下り、ただひたすら暗闇の中を走り続けた。しばらく行くと、三島《みしま》市に入った。ところどころに点《とも》っていた人家の灯を見つけた時、なんて暖かい色なんだろう、と思った。

## 5

静岡市に入ったところで、鳥越氏と運転を代わった。

車をスタートさせる前に、駿河《するが》湾から昇ろうとしている太陽の頭を、肩を並べて少しだけ眺めた。

車がスタートしてすぐに、僕は言った。

「初デートのあとの展開を教えてください」

初デートのあと、ほどなくしてふたりは一緒の夜を過ごした。ふたりの心と身体は完全に溶け合い、どんな力が加わっても再び離れることはないように思えた。結婚を決意したのも当然の成り行きだった。それはただの制度上の問題ではあったけれど、どんな形であれ、ふたりは完全に結びついていたかったのだ。

「籍を入れたのはいつですか?」と僕は訊いた。

「それはさすがにおぼえているよ。一九五九年の九月三十日だ。確か、その日はソ連のフルシチョフが中国を訪問した日だった」鳥越氏は苦笑いを浮かべながら、続けた。

「どうでもいいことはよくおぼえているな」

もちろん、ふたりの結婚がまわりに祝福されるわけはなかった。ふたりはまだ、自活の手段を持たない学生の身分だった。それに恵子さんの父親が追い討ちをかけた。《傷物》になった娘に、勘当を言い渡したのだ。

籍を入れた日、ふたりはまわりの雑音が聞こえなくなるところまで行くことにした。

仲間の一人から軽自動車を借り、そして、南の涯へ。

「思い出したよ」鳥越氏は嬉しそうに言った。「友人に借りた軽自動車は当時発売されたばかりのスバル360という車だ」

「その調子でがんばってください」と僕。

「しかしまあ」鳥越氏の声が情けないものに変わった。「さっきから実に些細なことばかりを思い出すものだねえ……」

　ふたりは少ない旅費を節約するために、車の中で寝泊りしながら、旅を続けた。当然のように、楽しい時間だけは速く過ぎる。実際は一週間もかかった旅が、ふたりにはほんの数日のあいだのことのように思えた。

　ふたりは本土最南端の佐多《さた》岬に立ち、海を見ながら抱き締め合ったあと、長い口づけを交わした。

　東京に戻ったふたりは、自分たちの貯金を持ち寄って、小さなアパートを借りた。部屋の中に無駄なものは何ひとつとしてなく、そして、必要なもののいくつかもなかった。苦しい生活は覚悟の上だった。ふたりでアルバイトをしながら、やっていくつもりだった。そんな生活の始まりに、恵子さんは鳥越氏にひとつだけワガママを言った。外を出歩く時は必ず手を繋いでくれること。恵子さんはどういうわけかよく転んだので、何よりもいつも支えてくれる手が必要だったのだ。

「もっと大変なことをお願いしてもいいんだぜ」

鳥越氏がそう言っても、恵子さんは微笑みながら首を横に振った。

「けっこう大変だと思うわよ。いつでも手を繋いでるのって」

アパートでの初めての夜、恵子さんは布団の中で、もう何十度目かになる、《鳥越家の伝説》を鳥越氏にねだった。話を聞き終えたあと、恵子さんは大学を辞めて働きに出るつもりであることを、告げた。鳥越氏が止めても、応じる様子はなかった。鳥越家の一員になったばかりの恵子さんは、言った。

「あなたが新しい《鳥越家の伝説》を作るのよ」

「彼女は中途半端が嫌いでね」と鳥越氏は言った。「白か黒かをはっきり決めたがるようなところがあった。それに、怖いぐらいに一途《いちず》だった」

恵子さんは大学を辞め、デパートの靴売り場の《売り子》になった。そんなわけで、ふたりのアパートは簡素だったけれど、恵子さんが社員価格で買った男物の革靴だけはたくさんあった。

一九六〇年の秋、大学四年生の鳥越氏はその中の一足を履き、法務省へ司法試験の合格発表を見に行った。翌年の春から鳥越氏が司法修習所に通うことが決まると、革靴の数は一層増えた。鳥越氏は恵子さんの思いに応《こた》えようと、張り切った。でも、時として、強すぎる思いは現実に歪みを生じさせてしまう。

## 6

静岡の掛川《かけがわ》市で朝食を済ませ、再び鳥越氏の運転で南下を続けた。

「カッコいいですよね」と僕は言った。「正義の実践に燃える若き弁護士の卵」

「正義は尊いし、なくてはならないものだが、ひどく面倒臭いものでもある」鳥越氏の顔に疲労の色が浮かんだ。「私はそれを肌で学んだよ」

司法試験に合格し、司法修習生になってすぐ、鳥越氏は『青年法律家協会』という団体に入った。『青年法律家協会』は主に、人権擁護運動を繰り広げている団体だった。鳥越氏は暇さえあれば反戦運動や公害問題のデモに参加した。警官や機動隊員に殴られることもしょっちゅうだった。左翼にシンパシィを感じ、共産党の催しに参加したこともあった。

「彼女の父親が知ったら、怒り狂っただろうね」と鳥越氏は言った。「しかし、私は右翼にも左翼にもなるつもりはなかった。ただ、弱い立場の人たちを助けることができる人間になりたかっただけなんだ」

一九六〇年代。

僕はそれがどんなものだったかを、詳しくは知らない。でも、相当タフな時代だったことは知っている。だから、鳥越氏もタフになるしかなかった。そして、少々タフになり過ぎた鳥越氏は何度か脱線し、司法修習生の中でも有名な《闘士》として知られるようになった。

一九六三年の冬、あと数週間で司法修習を終えるところまで漕《こ》ぎ着けた鳥越氏は、ある晩、友人たちと前祝いで酒を酌《く》み交わした。気づくと深夜で、終電はとっくに出ていた。

鳥越氏たちは始発までの時間をどうにか潰《つぶ》そうと、酔った足取りにまかせて、あてどもなく街を徘徊《はいかい》していた。

「待ちなさい」

鳥越氏たちの背中に、いきなり声がぶつかってきた。みんなはいっせいに振り返った。そこには、夜に保護色となって埋没している黒い制服姿の男がいた。

　鳥越氏たちは無視し、再び足を動かした。若い警官は乗っていた自転車を必死に漕いで、鳥越氏たちの前にまわり込んだあと、自転車から下り、腰のベルトにぶら下がっている警棒にさりげなく手を触れた。鳥越氏たちにとっては、見慣れた動作だった。

　警官は鳥越氏のくすんだ紺色のジャンパーと、膝小僧に穴が開いたジーンズを胡散《うさん》臭《くさ》そうに眺め、こんな時間に何をしてるんだ、と訊いた。鳥越氏たちはその問い掛けを無視し、警官の脇を通り抜けようとした。警官が進路に立ち塞《ふさ》がり、鳥越氏の身体を強く押し返した。鳥越氏は警官の目を睨みつけ、戒厳令でも敷かれているんですか、と言った。警官の戸惑いを無視し、鳥越氏は続けた。

「そうでなければ何時に何処《どこ》を出歩いていようと、誰にも僕たちの進路を妨げる権利はありません」

　警官がひるんだのを見て、鳥越氏たちは再び警官の脇を通り抜けようとした。その時に、仲間の一人が嘲笑を浮かべたのを、警官は見逃さなかった。警官は鳥越氏の肩を強く掴み、おまえらアカか、と嫌悪と怒りのこもった声で言った。鳥越氏が肩にかかっている警官の手を乱暴に振り払うと、警官は素早い動作で警棒を引き抜いた。鳥越氏は若かった。鳥越氏が殴ってみろと言わんばかりに、顎を上に向けて突き出した。そして、警官も若かった。気がつくと、ふたりは揉《も》み合いになっていた。夜明け前の張りつめた冷気の中に、ふたりの吐く息の白が、絶え間なく浮かんでは消えた。ガチャン、という大きな音で、鳥越氏は我に返った。見ると、警官が自転車の上に重なるようにして倒れていた。

結局、若い警官は右手の小指を突き指し、鳥越氏は公務執行妨害で逮捕された。鳥越氏は起訴され、『懲役三ヵ月執行猶予一年』の有罪判決を受けた。

司法修習を終えた鳥越氏は、一年間の浪人生活に入った。執行猶予期間中は、弁護士として活動できないからだ。鳥越氏は、昼は製本所でアルバイトをし、夜は夕食を作って恵子さんの帰りを待った。そんな毎日を、恵子さんは『甘い生活』と呼んだ。それは以前にふたりで観に行った映画のタイトルだった。もっとも、鳥越氏はその作品をそれほど面白いとは思わなかったけれど。

一九六四年、『甘い生活』が終わりを告げ、鳥越氏は就職活動に精を出した。しかし、《闘士》として鳴らし、さらには経歴にひとつバツがついている鳥越氏を、温かく迎えてくれるような弁護士事務所は、簡単には見つからなかった。自分で事務所を開業できる資金も地盤も実力もありはしなかった。そして、鳥越氏には身を削ってでも養わなくてはならない妻がいた。いつまでもデパートの《売り子》をさせていたくはなかった。

一九六四年の春、鳥越氏は、ある弁護士事務所に就職した。そこは、暴力団の顧問を主力にしている事務所だった。

「ヤクザにも人権はある。彼らを守ってやる人間が必要なのも確かだ」と鳥越氏は言った。「しかし、それは私が理想としていた仕事ではなかったんだよ」

ヤクザのために拘置所へ差し入れを持っていくときの憂鬱《ゆううつ》。ヤクザに虐げられた人々を思う時の陰鬱。ヤクザから少なくはない報酬を受け取る時の沈鬱。新しい《鳥越家の伝説》はいつ成就するのだろう？　鳥越氏は少しでも早く自分の事務所が持てるようにと一生懸命に働き、金を貯めた。

一九六四年の秋、恵子さんは勤めを辞めた。

一九六五年、鳥越氏と恵子さんは小さなアパートから、居間のあるマンションへと引っ越した。

一九六六年、防音処理が施されているマンションへ移り、ピアノを習っていた恵子さんのために、鳥越氏はベイビーグランドを買った。恵子さんが弾くショパンを聴きたかったからだ。でも、実際にピアノの音を耳にしたことは一度もなかった。

恵子さんのためにもっと部屋を飾らなくてはならない。そのためにはもっと働かなくてはならない。鳥越氏は寝る間も惜しんで、ヤクザのために働いた。やがて、部屋は色々なもので溢れ始めた。そして、ふたりの声はたくさんのものに押し潰され、言葉になる前に死んでいった。

「焦らないで。焦ると、すべてが台無しになってしまうわ」

時々、恵子さんの言葉がかすかに耳の奥に聞こえた。鳥越氏は自問した。

その言葉を聞いたのは、いつのことだったろう？

「正直に言うと、家にいたくなかったんだよ」と鳥越氏は言った。「彼女の顔を見ていると、なんだか責められているような気がしてね。私が輝いていた時期があるとするなら、それは彼女と知り合ってから数年までのあいだだったと思う。それ以降は彼女の理想からかけ離れた人物になっていったはずだ。そう、怖かったんだよ。いつ彼女にそのことを指摘されて、愛想を尽かされるかってね。だから、家に居着かず、まるで馬車馬のように働いた」

一九六七年の春、鳥越氏と恵子さんはお互いの溝が深まりつつあることを確認し合い、解決策を探し始めた。

ある日曜日、鳥越氏は恵子さんにプラチナの結婚指輪を手渡した。

「ずっと、忘れてたよ」

それは、ふたりにとって初めての結婚指輪だった。指輪を見て、恵子さんは何かを言おうと口を開いた。言葉が音になってしまう前に、鳥越氏は恵子さんの左手をそっと摑み、細い薬指に結婚指輪をはめた。そして、自分の薬指にも。鳥越氏は指輪のはまった手で恵子さんの髪の毛を優しく撫でながら、言った。

「子供をつくろう」

ふたりが育《はぐく》んだ新しい生命が、色褪《いろあ》せた生活に新鮮な色彩をもたらしてくれると、鳥越氏は信じたのだ。恵子さんはしばらくのあいだ、沈黙を保った。鳥越氏は祈るように、恵子さんの髪の毛を撫で続けた。やがて、恵子さんは微笑み、すべてを受け入れるように、深く頷いた。

初夏、恵子さんは妊娠した。

## 7

愛知県の岡崎《おかざき》市に入ってすぐ、国道沿いの日本食レストランで夕食をとった。鳥越氏の顔に疲労の色が濃く浮かんでいたので、それからかなりの時間を僕が運転した。

都市部を抜けると、夜の闇が濃くなった。ほぼ等間隔に置かれている街灯の光が催眠効果を生み出すのか、時々、ひどい眠気に襲われた。助手席の鳥越氏は眠りの中にいて、静かな寝息を立てていた。話相手が欲しかったけれど、起こす気にはなれなかった。

居眠りをしないように、あれこれと工夫を凝らすことにした。あちこちに掲げられて、やたらと目につく交通標語の文句を声に出して読んでみたり、擦れ違う対向車線の車のナンバープレートの数字を素早く読み取って、すべての数字を足す暗算をしてみたり、後ろの車が僕たちの車を尾行していると仮定して、ちょっとしたスリルとサスペンスを味わってみたりしたけれど、当然ながら、すぐに飽きてしまった。

赤信号に捕まった時、起きてくれないかな、という願望を込めて、鳥越氏を見た。鳥越氏は相変わらず規則的な寝息を立てながら、ぐっすりと眠っていた。街灯の淡い光に照らされている寝顔が、ひどく険しいものに見えた。深い皺の線が作り出す、色の濃淡のせいだった。僕はその色を見て、賞賛の声を上げたいような、ため息をつきたいような、どちらともつかない気持になった。でも、確かなのは、誰かが言っているように、その人の送ってきた時間の濃淡が顔に如実に表れるとするなら、僕は鳥越氏のような顔を持ちたかった。

それからしばらくのあいだ、眠気覚ましも兼ねて、赤信号に捕まるごとに、これまで僕が過ごしてきた時間の中の印象深い記憶を思い出してみることにした。

赤信号。

小学校での初めての徒競走で、スタートで転んでビリになった。

赤信号。

中学二年のバレンタインデーの日に、好きな子にふられた。

赤信号。

高校の修学旅行で初めて沖縄に行って、はしゃいで泳いでたら、沖で足がつって溺《おぼ》れそうになった（死ぬかと思った）。

赤信号。

大学の入学式で、財布を失くした。五万円も入ってた。

赤信号。

入社してすぐ、初めての営業まわりで飛び込んだ会社の社長に、「帰れ！」と怒鳴られて、バケツの水をかけられた。

赤信号。

ため息をついた。

ひどく悲しくて、みじめな気持になってしまった。たとえば、僕が百歳まで生きたとして、心の底からいとおしいと思えるような記憶を、どれだけ持てるのだろう？

どうすれば持てるだろう？

無性に話相手が欲しかったので、もう一度、起きてくれないかな、という願いを込めて、鳥越氏を見た。鳥越氏は、ぴくりとも動かなかった。

信号が青に変わった。

僕はまたため息をついたあと、アクセルを少し強く踏んで、車をスタートさせた。

日付が変わって水曜日になった頃、三重県の四日《よっか》市《いち》市に入った。僕の運転で少しでも距離を稼ごうと、かなりの速度を出して走った。

夜が完全に明けた頃には、大阪市に入ることができた。目を覚ました鳥越氏は、かなり驚いた様子だった。

「ずいぶんがんばったね」

確かに少しがんばり過ぎたようで、ひどい眠気に襲われていた。そこで、運転を交代してもらい、しばしの眠りに就いた。

昼過ぎに目を覚ました。車はすでに1号線を走り切り、大阪の梅田《うめだ》新道を起点に始まる2号線に乗り換わって兵庫を通り抜け、岡山県の手前まで進んでいた。

「パンと牛乳を買っておいたから」

鳥越氏はそう言って、後部座席を指差した。僕はパンと牛乳を急いで食べ終えた。

「運転を代わりましょう」

「大丈夫かい？」

同じ言葉をそっくり返したくなるような顔色を、鳥越氏は浮かべていた。

岡山県に入ってすぐ、運転を代わった。鳥越氏は薬を飲んで、言った。

「子供ができたと知った時は、うれしかったよ」

「夕飯までぐっすり眠っててください」

「いや、いいんだ。話したいんだよ。君が眠っているあいだに、色々と思い出すことができたんだ。薬が効いて、ほどなく眠るだろうから、それまで話につきあってくれないか」

鳥越氏は生まれてくる赤ん坊のために必死で働いた。そして、一九六八年の四月十四日、赤ん坊が生まれた。四千グラムもある大きな男の子だった。鳥越氏は赤ん坊のすべすべした肌に触れ、思わず涙をこぼした。鳥越氏は、初めて神の存在を信じることができた。

「《鳥越家の伝説》を、早くこの子に聞かせてあげたいわ」

恵子さんは赤ん坊に頬を寄せながら、そう言った。でも、赤ん坊が《鳥越家の伝説》を聞くことはなかった。初夏のある日、赤ん坊は『乳幼児突然死症候群』という原因不明の病気で、死んでしまったのだった。鳥越氏の耳には、底意地の悪い神の哄《こう》笑《しょう》が聞こえていた。

「お子さんの名前を教えてもらえませんか？」と僕は言った。

「恵一」と鳥越氏は言った。「私がつけた名前だ。この世界で一番愛に恵まれた人間に育つはずだった」

一九六八年の夏が終わろうとしていたある日曜日、鳥越氏と恵子さんは車に乗ってドライブに出た。恵子さんの膝の上には、恵一君の骨が入った白木の小さな骨箱が置かれていた。行くあては別になく、ただふたりが見るものを恵一君にも見て欲しいと思い、延々と都内を走りまわった。

フロントグラスが夜の黒に染まり始めた頃、ふたりはいつの間にか国道1号線に乗っているのに気づいた。

行っちゃおうか。冗談めかして恵子さんがそう言った。行っちゃうか。鳥越氏は笑いながらそう言い、アクセルを少し強く踏んだ。湘南《しょうなん》の四《よ》ッ谷《や》交差点まで来た時、鳥越氏は辻堂《つじどう》方面にハンドルを切り、国道1号線から下りた。

「そうよね。あの頃とは違うもんね。仕事があるんだもんね……」

恵子さんが寂しげに微笑みながら、ぽつりとそうつぶやいた。鳥越氏は小さく頷き、責任を放棄するわけにはいかないんだ、と言った。

「そんなもの――」

恵子さんはそこまでつぶやいたけれど、あとは音にしなかった。

車は海沿いの国道134号線に乗っていた。恵子さんが、海を見せてあげたいわ、と言ったので、鳥越氏は辻堂海浜公園のそばに車を駐めた。

ふたりは134号線を海側へ跨《また》ぎ、砂浜へと通じる暗い小路《こみち》を歩いた。あたり一帯はひっそりとしていて、波の音だけが遠くから聞こえてきた。

小路を歩き切ると、ようやく海との対面を果たせた。でも、新月の夜で、海は恐ろしいほどに暗く、穏やかな波の音と潮の匂いだけが海へ来たことを実感させてくれた。

僕が持つよ。暗い足下を心配し、鳥越氏は骨箱を引き取ろうと、恵子さんに向かって両手を差し出した。恵子さんは少しためらったあと、骨箱を鳥越氏に渡した。

ふたりは海岸線に沿って敷かれているアスファルトの遊歩道に乗り、暗い海を左に見ながら、あてもなく歩いた。鳥越氏は数十メートル間隔で置かれている外灯の光の粒を、ずっと先のほうまで目で追った。遊歩道は辻堂の海岸線をほとんどカバーしているらしく、光の粒は遥かに先のほうまで続いていた。

ふたりは敬虔《けいけん》な巡礼者のように、しばらくのあいだ、黙々と歩いた。引き返そう。鳥越氏は何度もそう言おうとしたけれど、できなかった。その代わりに、遊歩道を外れ、砂浜に下りることにした。このままでは、遊歩道が終わる場所まで歩いていきそうな気がしていたからだ。鳥越氏が時々砂に足を取られながら、波打ち際に向かって歩を進めていると、うしろのほうで、ドサッ、という音が聞こえてきた。振り返った。恵子さんの姿はどこにもなく、ただ深い闇だけがあった。鳥越氏は必死に目を凝らして、恵子さんの姿を探した。そして、ようやく闇に目が馴れ始めた時、五メートルほど先の場所で、まるでスーパーマンが空を飛んでるみたいに、身体をまっすぐ伸ばしたまま砂浜に倒れている恵子さんの姿を見つけた。鳥越氏は圧倒的な焦燥感に襲われ、倒れている恵子さんのもとに駆け寄ろうとした。遅かった。自分で立ち上がった恵子さんは、鳥越氏のもとに歩み寄り、骨箱を引き取ったあと、鳥越氏の脇を通り過ぎ、どんどんと波打ち際へ向かって歩いて行ってしまった。鳥越氏はその場に立ちすくみ、闇に仄見《ほのみ》える恵子さんの背中が徐々に遠ざかっていくのを見つめていた。やがて、恵子さんの背中が闇に溶けてしまった。鳥越氏は途方もない喪失感に襲われながら、どこでもない暗闇の真ん中で立ちすくみ続けるしかなかった。

「手を繋いでおくべきだったんだよ」と鳥越氏は言った。「そういう約束だったんだ……」

一九六八年の秋が訪れた。

ある日、恵子さんが、うっかりしてお皿を割った。その五分後には口論が始まっていた。なぜそうなってしまったのか、ふたりには分からなかったけれど、ふたりは無意識に衝突を欲していたのだ。それがどこに行き着くものであれ、とにかく、きしんだ音を立てながら続く毎日に変化を望んだのだ。ふたりは不器用で、喧嘩《けんか》の収め方を知らなかった。なにしろ、知り合って初めての喧嘩だったのだ。鳥越氏は感情のままに初めて恵子さんに手を上げ、そして、それ以降ほとんど家に帰らなくなった。

年の暮れ、久し振りに家に戻った鳥越氏は、部屋の中をゆっくりと見まわした。すべてのものはよそいきの顔で整然と並んでいて、そのひとつひとつが放つ光沢は冷気を放射し、触れようとする手を一瞬にして凍らせてしまいそうだった。

恵子さんは鳥越氏に離婚届を渡して、言った。

「いまなら、お互いに一からやり直せるわ」

鳥越氏は恵子さんの目を見つめた。曲がることのない意志がこもっていた。鳥越氏は頷くしかなかった。

ふたりの最後の日曜日、荷物を運び出したあと、恵子さんは結婚指輪を鳥越氏に返した。部屋を出て行こうとする恵子さんを呼び止め、鳥越氏は言った。

「愛してるよ。いつまでも、愛してる」

本当だろうか？

鳥越氏の頭に疑問がよぎった。その疑問はすぐに激しい痛みに変わった。鳥越氏は自分の軽率さを憎んだ。恵子さんは鳥越氏の言葉には応えず、鳥越氏の肩越しにベランダのほうへ視線を送り、囁《ささや》くように言った。

「鉢植えは置いていくわね。夜は寒いから、部屋に入れてあげて。ちゃんと手入れをしたら、春先には花をつけると思うわ」

　恵子さんが出て行って三週間後、鳥越氏は部屋を整理することにした。ピアノを下取りに出して部屋から運び出し、隙間だらけになったクローゼットの中を片づけ、たくさんの鍋やフライパンをいくつかだけ残して流し台の奥に仕舞い込んだ。

片づけのほとんどを終えたあと、応接間にある豪華なオーディオセットに目がいった。キャビネットには二百枚近くのクラシックレコードが納まっている。鳥越氏はひと息入れようと、キャビネットの中から数枚のレコードを取り出し、どれかを聴こうとした。迷った挙句、リヒャルト・シュトラウスの交響詩を聴くことに決め、ジャケットからレコードを取り出した時、ふとレコードのセンターラベルに印刷されてある、《UNbreakable》という文字が目に入った。

　本当だろうか？

　鳥越氏は割ってみることにした。何回か力をこめると、レコードは、パカン、という音を立てて半分に割れた。それから二時間ほどかけて、鳥越氏はすべてのレコードを割った。気づくと、指が切れ、両手が血だらけになっていた。洗面所で手を洗っている時、ふと恵子さんが言っていた鉢植えのことを思い出した。鳥越氏はベランダを覗いた。そこには、寒さと渇きでもとの形さえ判然としないほどにしおれてしまった、小さな鉢植えがあった。鳥越氏は記憶の片隅にあるはずの、花の色を思い出そうとした。できなかった。鳥越氏は鉢植えを部屋の中に入れたあと、恵子さんから返された結婚指輪と自分のものを鉢植えの土の奥深くに押し込んだ。そして、大量のレコードの破片とともに鉢植えを抱え、ゴミ捨て場に向かった。

「私はひ弱な理想主義者だった」と鳥越氏は言った。「現実が自分の理想にそぐわなくなったので、すべてを放り出してしまった。まるでわがまま放題の子供と一緒だよ。忍耐力も大人の知恵も身につけていない、ひ弱な理想主義者だった……」

鳥越氏にかけるべき言葉を探したけれど、見つけることはできなかった。鳥越氏の横顔を見た。見つかった。

「ゆっくり眠ってください」

## 8

岡山の備《び》前《ぜん》市に入った頃、陽が傾き始めた。

ガソリン補給のためにいったん車を停めた際に、目を覚ました鳥越氏と検討した結果、ここまでがんばってかなりの距離を稼いだおかげで、当初の予定より時間に余裕ができているのを確認し合った。

「近くの漁港で車を駐めて、車中泊ってのはどうだい？　それに、ちょっと寄りたい場所があるんだ」

宿をとって眠ったほうが鳥越氏のためになると思ったけれど、雇い主のせっかくの提案に素直に従うことにした。

どこにでもあり、いつでも同じ顔をしているファミリーレストランに入って、久し振りにゆっくりと夕食をとった。食後、鳥越氏と運転を代わった。鳥越氏はそれまでに見たことがないほど真剣な表情で、ハンドルを握っていた。

車は初めて国道から下り、海沿いの名もない小道のいくつかに入っては出、入っては出、を繰り返した。その道のりを地図の上にペンでなぞっていれば、人間の空間的記憶がどんなふうに復元していくのかがくっきりと浮かび上がり、興味深い資料になったかもしれない。

空には、その過程を温かく見守るかのように、丸く満ちている月が、空の一番高いところでぽっかりと浮かんでいた。

鳥越氏は、これだ、とつぶやきながらハンドルを切り、車を幅の広い坂道に乗り入れた。だらだらとした長い坂をのぼり切った丘の頂上に、学校の校庭らしき開けっ広げの場所があった。車はその横を通り過ぎ、狭い空き地へと通じる脇道に入っていった。鳥越氏は、空き地の真ん中あたりで車を停めて、言った。

「むかし、この近くまで来た私たちは——私と恵子は、自分たちの身体がひどく臭っていることに気づいてね。それで、無性に身体を洗いたくなった。そこで、私と恵子は学校を見つけることにしたんだ」

「学校ですか？　銭湯じゃなくて？」

鳥越氏は頷いた。「身体を洗いたくなったのは深夜だったんだよ。次の日まで待って銭湯を探せばよかったのかもしれないけれど、その時はなんていうのか、靴に小石が入ったまま歩いているような気になってね。そういうのは伝染するのか、ふたりとも一刻も早く身体を洗わなくてはいけない、というような雰囲気になってしまったんだ」

「分かるような気がしますけど、それでどうして学校なんですか？」

鳥越氏はなぞなぞを出した子供のように、悪戯っぽい笑みを口元に浮かべながら、僕を見ていた。僕は少しのあいだ考えて、言った。

「プールですか？」

ようやく学校を見つけ出した鳥越氏と恵子さんは、車を空き地に駐め、学校に向かって夜道を歩いた。鳥越氏のジーンズのポケットには小さな石鹸《せっけん》が納まり、恵子さんはバスタオルを小脇に抱えていた。丸い月が浮かび、ふたりの夜道を献身的に照らしていた。

ふたりは、学校の敷地を囲んでいる金網の前に立った。

「捕まれば、死だ」

鳥越氏の冗談に、恵子さんは真剣な顔で頷いた。

まず、鳥越氏が楽々と金網を乗り越え、敷地内に降り立った。恵子さんはバスタオルをぐるりと体に巻きつけたあと、金網の升目《ますめ》にしっかりと指を絡めた。必死によじのぼり、もう少しで上辺に手がかかりそうになった時、向こう側にいる鳥越氏が調子外れな音程で、運動会の障害物競走のBGMでお馴染みの『天国と地獄』を、念仏でも唱えるように口ずさみ始めた。数秒後、恵子さんは笑いながら、金網をずり落ちた。緊張は笑いを昂進《こうしん》させこそすれ、止めるような作用は持っていない。ふたりは金網越しに向かい合って座り、しばらくのあいだ笑い声を懸命に抑えながら、笑い続けた。そのあいだ中、ふたりの指は升目を通してしっかりと絡み合っていた。

プールの水は少し冷たかった。ふたりは抱き合うことで水の冷たさを忘れ、月光浴を続けた。

「こんなこと、忘れられないわよね」

鳥越氏の胸に頬をぴったりとつけながら、恵子さんがつぶやいた。鳥越氏は恵子さんの頭のてっぺんにキスをして、言った。

「忘れるなんて、ありえるのか？」


そんなわけで、僕と鳥越氏は学校の金網の前にいた。

「行くぞ」

鳥越氏の言葉に僕が頷き、僕たちはほとんど同時に金網の升目に指をかけた。そして、升目につま先を入れ、反動を使って上によじのぼろうとしたちょうどその時、敷地の中から闇を切り裂く懐中電灯の一筋の光が僕たちに向かって伸びてきた。

「なにをしてる！」

その声に素早く反応したのは鳥越氏だった。退却だ、と言った次の瞬間には、僕に背を向けて走り出していた。さすがに元《闘士》は違う。僕は終始鳥越氏の背中を見ながら、空き地までの道を走った。

空き地に辿《たど》り着くと、鳥越氏は車のそばにうずくまり、ぜえぜえとひどく荒い呼吸をした。僕がその激しく揺れる背中をさすりながら、大丈夫ですか、と訊くと、鳥越氏はガクンという感じで頷いた。反動で持ち上がった顔には、こぼれんばかりの笑みが貼りついていた。

充分に休憩を取ったあと、僕と鳥越氏は車に乗り、空き地を出た。高台から滑り降り、名も知らぬ漁港のそばに着いたところで車を駐め、眠り支度を始めた。シートを倒し、ヘッドレストに頭を載せ、タオルケットを身体にかける。

おやすみ。そう言ってすぐに、鳥越氏は眠りに落ちた。僕はしばらくのあいだ、何を考えるでもなく、ただぼんやりと目を開けて、闇を見つめていた。フロントグラスからは月が見えなかった。横を向いた。疲労のために落ち窪《くぼ》んだ鳥越氏の眼窩《がんか》は恐ろしいほどに暗く、闇と同じ色をしていた。僕は、なんだか泣きたいような気持になった。理由はよく分からなかった。さっきまで見えていた月が明る過ぎたせいかもしれない。

目を閉じた。しばらくすると、僕は柔らかい眠りの膜に幾重にも包まれていった――。

夢を見た。

この旅に出てから初めて見る夢だった。

夢の中でも、僕は見知らぬ街で車を走らせていた。運転の最中に、ふと視線を助手席にやると、そこには鳥越氏ではなく、恵子さんが座っていた。窓からは強くて眩しい光が差し込んでいて、恵子さんの顔を真っ白く、ぼやけたものにしていた。でも、それが恵子さんであることは、僕には分かっていた。

僕は視線をフロントグラスの先に戻したあと、顔のない恵子さんに話し掛けた。

「会いたかったです」

「ありがとう」

恵子さんの声は、とても落ち着いていて、深い優しさを含んでいた。

「鳥越さんは、順調に色々なことを思い出してますよ」

「あなたのおかげよ」

「僕が最後まで無事に送り届けますから」

「ありがとう」

「でも、僕は不安なんです」

「なにが？」

「目的地に着いたあとのことです。僕は、これからどうすればいいんでしょうね」

恵子さんの反応はなかった。僕はかまわず続けた。

「この旅が終わったら、僕はまた、目的もない空っぽな毎日に逆戻りです。病気のことに怯《おび》えながら暮らして、時間を無駄に過ごして、ある日突然、そのことを後悔しながら死んでいくのかも――」

恵子さんが、かすかに笑ったような気配があった。

「どうしました？」

「大丈夫よ」

「え？」

「大丈夫だから、怖がらないで」

「…………」

「待ってるわね、ふたりが着くのを」

視線を助手席にやった。恵子さんの姿は跡形もなく消え、眩しい光だけがシートに落ちていた。恵子さんのぬくもりを確かめようと、シートに手を伸ばそうとした時、唐突に夢は終わりを告げた――。

まだ薄い闇が残っている時刻に、鳥越氏に起こされた。どうしようか迷ったけれど、結局、夢のことは話さなかった。

漁港の堤防を歩きながら、日の出を眺めた。鳥越氏の記憶では、漁港の近くで朝市が開かれ、そこに出る屋台で新鮮な魚介類の朝食がとれるとのことだった。朝市が開かれるはずの場所へ行った。そこにはコンビニエンスストアが建っていた。鳥越氏は申し訳なさそうな、幾分は寂しそうな表情を浮かべ、それを僕に向けた。僕たちはそのコンビニでおにぎりを買ったあと、再び国道2号線に乗り、車中で朝食を済ませた。

## 9

木曜日。

僕の運転で旅を続けた。倉敷《くらしき》、笠岡《かさおか》の都市部でちょっとしたラッシュに捕まった以外は、快調に走り抜けた。広島の尾道《おのみち》市で早めの夕食を済ませたあとも、僕が運転を続行した。鳥越氏は食欲も落ちていて、車に乗っているほとんどの時間を眠りの中で過ごしていた。

深夜近く、広島市を抜け、山口県を目の前にした頃、激しい通り雨に遭った。車を打つ雨の音で、鳥越氏が目を覚ました。

「ひとつ思い出したよ」鳥越氏は起きてすぐに、言った。「彼女との初めてのデートで観た映画は白黒だった」

「ついでに弁士がセリフを喋ってたとか？」

「若いのにそんなことをよく知ってるねえ」

僕と鳥越氏は短く笑った。

「代わろうか？」と鳥越氏が言った。

僕は首を横に振った。

「その代わり、話の続きを聞かせてください」

一九六九年。

恵子さんがどこかへ行ってしまったあと、鳥越氏は持ち物のほとんどを処分し、防音処理の施されていない小さなマンションに引っ越した。

新しい部屋に恵子さんの匂いがするようなものは、何ひとつとしてなかった。そう、一から出直すのだ。

その年の春、鳥越氏は泥酔した挙句、事務所の同僚と口論になり、相手を手ひどく殴ってしまった。酔いの醒《さ》めた鳥越氏は、口論の原因さえおぼえていなかった。それ以降も、酒を飲んでは些細なことで同僚と争い、軋轢《あつれき》を重ねていった。その年の暮れ、鳥越氏は事務所を辞めた。

一九七〇年の夏が来る頃、アル中の一歩手前でうろついていた無職の鳥越氏の足を止めさせたのは、見事に食い潰された預金残高だった。そして、人並みの生活を放棄できるほどの意志を、鳥越氏は持ち合わせていなかった。

鳥越氏は、司法試験予備校の講師の職を見つけた。有意義な仕事だとは思えなかったけれど、仕方がなかった。でも、鳥越氏はすぐに間違いに気づいた。初の講義で教壇に立ち、真剣な眼差しを自分に向けている学生たちの顔を見た時、鳥越氏は泣いてしまった。生徒たちの戸惑いにもかまわず、泣き続けた。鳥越氏は出直す場所を見つけたのだった。

「その予備校にいた同年代の講師たちは、みんな理想主義者でね」と鳥越氏は言った。「私は故郷に帰ったような気がしたよ。ただ、みんなそれなりの経験を積んでいたから、ちゃんと大人の知恵を身につけていた。そして、私たちはすべきことをきちんと心得ていた」

一九七一年の春、鳥越氏とその仲間たちは、みんなで資金を出し合い、事務所を設立した。できるだけ刑事専門の訴訟を引き受けることにし、依頼人捜しに駆けずりまわった。

そんなある日、鳥越氏は東京の下町で一年前に起きた、一家四人惨殺事件の受刑者の家族に巡り会った。受刑者はまだ二十三歳の若者で、自供の結果、第一審で死刑判決を受け、服役していた。でも、家族は受刑者の無実を、そして、それまでに担当していた弁護士の無能を、信じていた。

鳥越氏は仲間たちと、被疑者逮捕から判決が出るまでのプロセスと自供調書を綿密に検討し、多くの齟齬《そご》を発見した。検察の起訴の立脚点は、犠牲者のひとりである女性に交際を断られた怨恨《えんこん》の末の犯行、という被疑者の自供をもとにした脆弱《ぜいじゃく》なものでしかなかった。凶器も見つかっておらず、受刑者が主張する、「映画館で映画を観ていた」というアリバイも偽証として簡単に片づけられていた。加えて、何よりも裁判記録からは弁護士の《やる気》が見えてこなかった。理由は明白だった。弁護士は国選で、受刑者は在日朝鮮人だった。

鳥越氏は、受刑者の青年が収監されている拘置所へ面会に行った。鳥越氏の前に現れた青年の右目は、眼底出血のためにほとんど失明状態にあり、両手のすべての指の関節部分は不自然に膨れ上がっていた。青年は鳥越氏に怯えた目を向けた。極度の緊張で頬が絶え間なく、小刻みに痙攣《けいれん》している。青年は、やたらと、すいません、と言っては頭を下げ、意味もなく涙をぼろぼろと流した。事件や裁判に関しては、何も話そうとはしなかった。

自供当時の警察の取調べに拷問があったことを、受刑者がポツポツと話し始めたのは、十回目の面会からだった。鳥越氏は、《納得がいかないもの》を感じた。そして、目の前にいる哀れな青年を信じることにした。鳥越氏は受刑者に頭を下げたあと、言った。

「私が、必ずあなたを助けます」

鳥越氏は受刑者とその家族から正式な依頼を受け、仲間たちと弁護団を結成し、再審請求に向けて動き出した。その時にはまさか五回も再審請求が棄却され、無罪判決を勝ち取るまでに二十五年もの歳月がかかるとは思ってもいなかったけれど。

「新しい《鳥越家の伝説》の始まりですね」と僕は言った。

「そういえば」鳥越氏は意外そうな声を出した。「そういう考え方もあるかもしれないね。いまのいままで気づかなかったよ」

数十分後、激しく降っていた雨が止み、再び眠りに就いた鳥越氏の顔には、かすかな笑みが残っていた。

## 10

岡山での寄り道が計算違いだったのか、山口県の岩国《いわくに》市であらためて概算すると、少し急ぎ足にしなければいけなくなっていた。

そんなわけで、夜の国道をかなりのスピードを出して走った。法の権化とも言うべき人物を乗せ、交通法規を大幅に違反する経験は、なかなか得難いもののように思えた。僕はいつしか暗い喜びを感じながら、思い切りアクセルペダルを踏みつけるようになっていた。もちろん、疲労が激しい鳥越氏のために距離を稼いでおこうという気持のほうが、より強かったけれど。

金曜日の朝の光が満ち始めた頃、山口県の宇部《うべ》市に入った。かなりの距離を走り、さすがにひどく眠かったので、安全のために鳥越氏と運転を代わってもらうことにした。眠る前に、僕は言った。

「関門《かんもん》海峡を渡る前に、必ず起こしてくださいね」

ちゃんと起こされた。鳥越氏の運転で関門橋を渡っている最中、僕は玄界灘《げんかいなだ》の色を眺めながら、パンと牛乳を腹に詰め込んだ。

北九州市に渡ってすぐに3号線が始まった。僕は運転を代わった。都市部で間欠的な渋滞に引っ掛かった時以外は、かなりのスピードで先を急いだ。時々、ここまで来たらそんなに先を急ぐこともなかろうに、という目で鳥越氏は僕を見たけれど、僕にはちょっとした計画があって、早めに鹿児島に着いておきたかったのだ。

夕方までに、なんとか熊本市に入ることができた。熊本城の近くで夕飯を済ませたあとも僕が運転し、ただひたすら南下を続けた。八代《やつしろ》市を走っている時、鳥越氏が起きているのを確かめて、僕は言った。

「話の最後の部分を聞かせてください」

鳥越氏を中心とする弁護団が逆転の無罪判決を勝ち取ったのは、このドライブが始まるたった三週間前のことだった。五十八歳になった鳥越氏と四十八歳になった元受刑者は堅く抱き締め合い、喜びを分かち合った。その様子を多くのメディアが取り上げ、僕はテレビのニュースでそれを見たひとりだった。

国家を相手に賠償を請求するという重要な仕事も残っていたけれど、鳥越氏は事務所の他の弁護士にその仕事を任せることにした。

「どうしてですか？」と僕は訊いた。

鳥越氏は少しの沈黙のあと、答えた。

「少し休みたくなったんだよ。なにしろ、二十五年間、本当に休みなく働いたからね」

無罪判決を勝ち取って二週間後、鹿児島県の指宿《いぶすき》にあるホスピスから、鳥越氏に連絡が入った。鳥越氏は悩んだ末に、二十八年間の空白をどうにか埋める方法としてドライブ旅行を選択した。

出発前日、鳥越氏は二年ぶりに東京郊外の霊園にある、恵一君のお墓を訪ねた。お墓には、誰がいつ供えたのか、ひと束の花が置かれていた。ただし、ドライフラワーのようにしおれてしまい、なんの花かは分からなかったけれど。

そして、出発当日、東京駅に同伴者である僕が現れたというわけだ。

「訊きたいことがあるんですけど」

「なんだい？」

「別れて二十八年のあいだ、一度も恵子さんとやり直そうと思ったことはなかったんですか？」

「君はどう思う？」

「残念ですけど、若輩者の僕には想像もつきません」

「正直に言うと、アルコールに依存していた頃は毎日のようにやり直すことを考えていたよ。しかし、そんな状態で彼女を取り戻しに行くわけにはいかなかった」

「冤罪事件の弁護を始めてからは、どうだったんですか？」

「もうその頃には、彼女のことは諦めていた」

「どうして？」

「実際のところは分からないけれど、私は彼女が父親の差し金で代議士の息子とでも再婚させられていると思っていたんだよ。だから、少しでも彼女のことを忘れようと、弁護に打ち込んだ」

「失礼ですけど、バカみたいですね」

「その通り、バカみたいだ。君は真似しちゃだめだぞ」

「はい、分かりました」

「ところで、いま好きな女性はいるのかい？」

「いません。僕はどうも女運が悪いみたいなんです。まあ、運というか、単に見る目がないんでしょうけど」

「どんなふうに？」

「たとえば、大学一年の時に好きになった女の子には、たった一回のデートでふられました。理由は簡単です。初めてのデートはドライブに行ったんですけど、僕は免許を取ったばかりで、車庫入れの時にうまくいかずに何度かやり直さなくちゃなりませんでした。で、初デートの翌日、その女の子から電話があって、車庫入れが苦手な人は生理的に受けつけないの、だって決まってセックスがヘタなんだもの、って言われました」

「実に恐ろしい言葉を投げつけられたものだねえ。男の私には、その時の君の気持がよく理解できるよ」

「ありがとうございます。僕は悔しくて悔しくて、それからすぐにファミリーレストランの駐車場を利用して、血の滲むような車庫入れ特訓を始めました。俺はヘタじゃねえ俺はヘタじゃねえ、って呪文《じゅもん》をつぶやきながら」

眠気覚ましのコーヒーを飲むために、ファミリーレストランに寄ることにした。駐車場に入って、車庫入れがうまくいった時、僕と鳥越氏は顔を見合わせたあと、手を高く上げ、ハイタッチを交わした。パチン、という音が車内に短くこだました。

闇を切り裂くようにして、車を走らせた。

土曜日の明け方、鹿児島県の阿久根《あくね》市というところに入った。朝の九時を少し過ぎた頃、とうとう3号線が終わり、鹿児島市に入った。達成感を噛み締めながら、市街へと向かった。

僕の提案で市街地にあるホテルに部屋を取り、シャワーを浴びることにした。僕は先にシャワーを浴びさせてもらい、繁華街に出た。紳士服を売っている店を探し、黒のスーツとグレーのネクタイと白のワイシャツと黒の靴下を買った。ズボンの裾《すそ》上げは安全ピンで応急処置を施した。靴屋を見つけ、革靴も買った。

ホテルに戻ると、鳥越氏は僕が買ってきたものを見て、嬉しそうに微笑んだ。僕と鳥越氏は、ホテルのレストランで朝と昼の分の食事を腹に詰め込んだあと、部屋に戻ってスーツに着替えた。久し振りなのでネクタイがうまく締まらず、苛立《いらだ》たしくて舌打ちすると、それを聞いた鳥越氏が、どれどれ、と言いながら、僕の手からネクタイの両端を引き取り、馴れた手つきで結び始めてくれた。この結び方はね、ハーフウィンザー・ノットって言うんだ。恵子が私にはこのノットの形が一番よく似合うって言ってね。でも、私にはいまだにほかのノットとの違いがよく分からないんだよ……。

出発の支度を終え、部屋を出た。鳥越氏がホテルの支払いを済ませているあいだにエンジンを温めておこうと、先に駐車場へ向かった。

エンジンをかけたあと、助手席に移った。そして、残りの道のりのためのテープを選ぶために、グローブボックスを開けた。ふと、いつの間にか奥のほうに押し込まれていた茶封筒に目がいった。茶封筒を手に取り、中に入っている診断書を引き出して、内容を読んだ。フロントグラスの向こう側に鳥越氏が見えたので、僕は茶封筒をグローブボックスにしまった。

「さあ、行こうか」

運転席に乗り込んですぐ、鳥越氏は幾分緊張気味の声で、そう言った。僕は笑みを向けながら、はっきりと頷いた。

## 11

国道２２６号線に乗り、左手に鹿児島湾を見ながら、指宿市へ向かった。それは、今回の旅の中で一番快適なドライブだった。降り注ぐ陽の光は無数の波頭と結晶し合い、海面にいくつものきらきらとした無名の宝石を浮かばせていた。窓を開け放った車内に絶え間なく入り込んでくる潮の匂いは、遥かむかしに埋もれてしまった遠い記憶を呼び起こしてくれるような懐かしさを湛《たた》えていた。僕と鳥越氏は、恵子さんの思いが残っている場所へ、確実に近づきつつあった。

「秋が深まっていってるね」鳥越氏は、フロントグラス越しに、遠くを見やりながら、つぶやいた。「陽の光が少し淡いように見える」

僕は、車内に流れていたピアノのボリュームを少し落として、訊いた。

「恵子さんのこと、どれぐらい思いだせました？」

「ずいぶん思い出せたよ。顔の造作も4Hの鉛筆のデッサンから、HBぐらいにはなったよ」鳥越氏は少し寂しそうに微笑んだ。「でも、彼女の顔は、別れた頃のままで、皺ひとつない」

僕が言うべき言葉を探していると、鳥越氏は続けた。

「確か、何かの本に書いてあったんだけれど、秋は『後悔と記憶の季節』なんだそうだ」

「どういう意味ですか？」

「冬、春、夏と過ごしてきた中で犯してきた過ちを後悔し、それを記憶する。そうすれば次の過ちが防げるし、それまでの過ちもなんらかの形で埋め合わせることができるかもしれない。そして、その記憶を胸に、来たるべき厳しい冬に立ち向かう」

僕は黙って、鳥越氏の言葉の続きを待った。

「いまさら遅いんだけれど」鳥越氏は、強い意志をこめた声で言った。「本当に愛する人ができたら、絶対にその人の手を離しては駄目だ。離したとたんに、その人は誰よりも遠くへ行ってしまう。それが、私の二十八年分の後悔だ」

車が赤信号に捕まり、停まった。鳥越氏は視線をフロントグラスの先から僕に移したあと、とても優しい笑みを浮かべて、続けた。

「記憶のほうは、君に任せるよ。私にはもう必要のない記憶だろうから」

僕はただ黙って、頷いた。

午後三時過ぎ、車は指宿市に入った。

２２６号線を下り、人づてに道を訊きながら、ホスピスへ向かった。どんどん近づくにつれ、鳥越氏の表情は強張っていき、口数も少なくなっていった。

指宿温泉を中心にしてホテルが何軒か立ち並ぶ海沿いの道を、もう少し先へ進んだ場所に、ホスピスはあった。

ホスピスの敷地を囲む鮮やかな茶色のレンガ塀の脇に車を駐めた鳥越氏は、深く息をついて、言った。

「やっと、辿り着いたね」

車から降り、中に向かって大きく開かれているホスピスの門の前に立った時、鳥越氏と僕は顔を見合わせ、ハイタッチを交わした。

パチン。

「本当にありがとう」と鳥越氏は言った。

「不馴れなガイド役に関しては、大目に見てくださいね」と僕は言った。

「そんなことはない。君のおかげで、できるかぎり多くのことを思い出したよ。それ以上はすべて私の責任だ。だから、君が気にすることはちっともないんだよ」

せいいっぱいのぬくもりを目に浮かべている鳥越氏を見た時、僕は発作的に鳥越氏の手を摑んで引き寄せ、強く抱き締めた。痩《や》せっぽちのその身体は、僕の腕の中にすっぽりと納まった。

「どうしたんだい、急に」

耳元で鳥越氏の声がした。僕は答えた。

「感謝のしるしです。僕はこのドライブを一生忘れません」

鳥越氏は僕の背中に手を伸ばし、まるで赤ん坊をあやすみたいに優しく、何度も叩いてくれた。

「出発の時より、だいぶスリムになったみたいだね」

「雇い主の人使いが荒いせいですよ」

僕たちは身体を離し、顔を見合わせて、短く笑った。

僕と鳥越氏はホスピスの門を通り抜け、アスファルトで舗装されている入り口までの短い歩道を、ゆっくりと歩いた。そして、自動ドアを通り抜け、ホスピスの中に入った。

受付で鳥越氏が名前を告げると、すぐに婦長の清水《しみず》という人が現れた。見た目からすると、鳥越氏と同年代のように見えた。とても優しい顔立ちをした女性だった。

「そちらはどういうご関係の？」

清水さんは僕を見ながら、鳥越氏に訊いた。鳥越氏は平然とした顔で、義理の息子です、と答えた。一瞬、清水さんは不審そうな眼差しを僕と鳥越氏に向けたけれど、すぐに穏やかな笑みを浮かべ、応接室に案内しますね、と言い、先に立って歩き出した。僕が鳥越氏に目《め》配《くば》せをすると、鳥越氏は緊張のせいか両目をつぶってしまう不恰《ぶかっ》好《こう》なウィンクを送り返してきた。

清水さんは僕と鳥越氏を応接室に案内したあと、恵子さんの遺品を取りに、どこかへ行ってしまった。僕と鳥越氏は応接室のソファに並んで座り、清水さんが再び現れるまでのあいだを沈黙で通した。

ドアのノブがまわる音がした時、鳥越氏の身体が小さく震えたのが分かった。清水さんは向かい側のソファに腰を下ろし、手に持っていた二冊のスクラップブックを応接テーブルの上に重ねて置いた。
「これです。どうぞ、ご覧になってください」
二冊とも手《て》垢《あか》で汚れていて、年季を感じさせる色合いに落ち着いていた。鳥越氏は、上に載っている一冊に手を伸ばした。僕は隣から視線を送り、表紙を眺めた。何も記されてなかった。鳥越氏は緊張を解くように息を短く吐き出し、表紙をゆっくりとめくった。

一見して新聞や雑誌の切り抜きと分かる大小の紙片が、ページにびっしりと貼りつけられていた。かなり古いもののようで、ほとんどが茶色く変色している。鳥越氏の呼吸が速くなるのが分かった。僕は少しだけ顔を近づけ、切り抜きの内容に視線を向けた。僕は内容を確かめたあと、軽く目を閉じた。いま見たものを永遠に胸の内に閉じ込めておきたかった。

切り抜きはすべて、鳥越氏が手がけた冤罪事件に関するものだった。一番初めの切り抜きの横に書き添えられていた年は、一九七二年。やはり、鳥越氏はバカだった。恵子さんは誰にも気持を移すことなく、鳥越氏だけを見守り続けていたのだ。

鳥越氏は、恵子さんが二十五年をかけて紡いだ新しい《鳥越家の伝説》を、ゆっくりと、慈《いつく》しむようにしながら眺めていった。僕と清水さんは静かに、それにつきあった。

一冊目が終わり、二冊目も最後のページを残すだけになった。鳥越氏が最後のページをめくると、そこには二枚の写真が挟まれていた。一枚は、ふたりの若い男女が写っている写真だった。ふたりは頬を寄せ合いながら、まばゆいばかりの笑みをカメラに向けている。そして、もう一枚は、前の写真よりも幾分歳を取った女性が、赤ん坊を胸に抱いて、誇らしげに微笑んでいる写真だった。

鳥越氏はそれらの写真を手に取り、スクラップブックをテーブルの上に置いた。そして、左の手のひらに若い男女が写っている写真を載せ、右手の人差し指で写真の中の美しい女性の輪郭をなぞり始めた。優しい指先の軌跡が、写真にゆっくりと刻まれていく。

僕が鳥越氏の肩に手を置くのとほとんど同時に、清水さんが言った。

「恵子さんは、無罪判決を自分のことのように喜んでいましたよ」

鳥越氏は写真から視線を上げ、清水さんに向かって頷いた。清水さんは続けた。

「たぶん、それで安心しちゃったんですね。判決を聞いた二日後に急に悪くなってしまって……」

鳥越氏は小さく何度も頷いて、言った。

「最期まで看取っていただいて、ありがとうございました」

清水さんは優しい笑みを浮かべ、頷いた。鳥越氏は写真をスーツの内ポケットにしまい、テーブルの上のスクラップブックを手に取って胸の前で抱え、言った。

「いただきます」

清水さんは頷き、白衣の上にはおっていた紺のカーディガンのポケットに手を入れた。

「これも差し上げます」

清水さんはそう言って、一枚の写真をポケットの中から取り出し、鳥越氏に向かって差し出した。鳥越氏はスクラップブックを両膝の上に置いたあと、写真を両手で受け取った。鳥越氏はしばらくのあいだ、ただ黙って優しい視線を写真に注いでいた。

やがて、その視線が僕に移り、写真を渡された。そこには、年齢を重ねて年老いた恵子さんの姿が写っていた。恵子さんは、はにかんでいるのか、遠くを見るような目つきで、カメラに視線を向けていた。薄くなった眉のあたりには少しの険しさが浮かび、持ち前の強い意志が宿っているように見えたけれど、目尻の皺は柔和な線を描き、そして、口元には、どうやっても消すことができそうにない気品が漂っていた。

僕は視線を、写真から鳥越氏の顔に移した。鳥越氏は気づいているのだろうか？たとえ離れていたとしても、ふたりが同じような時を過ごしていたことを。

僕が写真を鳥越氏に返した時、清水さんが言った。

「実は、まだあるんですよ」

僕と鳥越氏は清水さんに導かれ、庭へ出た。かなり広い敷地の中には芝生の鮮やかな緑が満ちていた。敷地をほぼ左右均等に分けるように、真ん中に敷かれている細いアスファルトの歩道に沿って視線を先へ送ると、突き当たりに背の低い白い塀が見え、その塀を越えたずっと先には鹿児島湾の青い海があった。僕たちは歩道を先へと進んだ。

進むにつれ、ふと左手の先のほうへ視線を向けると、白い塀を背にしながら、まわりを芝生の緑に囲まれている、ちょっとした広さの花壇のような場所があることに気づいた。花壇の中はすべて淡い紫の花で埋まり、芝生の緑との見事なコントラストを浮かび上がらせていた。

「本当は、春から夏にかけて咲く花なんですけどね」と清水さんが優しい声で言った。

「ここのところ暖かかったせいか、月曜日あたりから徐々に花が開き始めたんですよ」

隣を歩いている鳥越氏の呼吸が荒くなるのを感じた。僕は視線を鳥越氏に向けた。

鳥越氏は淡い紫に強い視線を注いでいた。鳥越氏は視線をそのままに、かすかに震える声で独り言のように言った。

「初めてのデートの時に観た映画を思い出したよ。『鉄道員』っていうイタリアの映画だ。とても哀しい映画でね、ラストシーンを観ながら泣いている恵子の手を、私は強く握り締めてやった。恵子も強く握り返してくれた。私は恵子が愛しくて愛しくて仕方がなかった……」

鳥越氏は、蘇《よみがえ》ってきたその時の手のぬくもりを少しでも逃さないかのように、手をぎゅっと握り締めていた。僕たちは歩道を下り、芝生に入って、まっすぐ花壇へ向かった。

花壇の前に立った。無数に咲いている背の低い淡い紫の花たちは、暮れかかっている一日の最後の太陽の光をめいっぱい浴びようと、背筋をぴんと伸ばしているように見えた。いや、もしかしたら、やっと訪れた鳥越氏にちゃんとしたところを見せたくて、姿勢を正していたのかも。とにかく、白い塀を背景にめかしている無数の淡い紫の花たちは、ため息が出るほど綺麗だった。

「ここに入ってすぐ、恵子さんはこの花を植え始めたんです」と清水さんは言った。

「誰の手も借りずに、すべて恵子さんが植えたんですよ」

僕は淡い紫の花から、鳥越氏に視線を移した。いつの間にか、鳥越氏の頬は涙で濡《ぬ》れていた。

「ベランダで枯れてしまった花だ――」鳥越氏は濡れた頬をそのままに、言った。

「思い出したよ……すべてを思い出したよ」

一九五九年の九月のある日、鳥越氏と恵子さんは初めてのデートで銀座に出掛けた。映画館で『鉄道員』を観たあと、夕暮れ迫る日比谷公園を散歩した。ふたりは公園の中に小さな花屋を見つけた。鳥越氏は初めてのデートの記念に、なんらかの花をプレゼントしようとしたけれど、どれが良いか決められなかった。そこで、恵子さんに好きなものを選んでもらうことにした。恵子さんは少しも迷わずに小さな鉢に植えてある、可憐《かれん》な、淡い紫の花を選んだ。

散歩が終わりに近づいた頃、恵子さんは小さな鉢植えを胸の前で大事そうに抱えながら、言った。

「この花はね、忘れな草って言うの。名前ぐらいは聞いたことあるでしょう？」

鳥越氏は頷いた。恵子さんは恥ずかしそうに鳥越氏から視線を外し、少しだけ頬を赤らめて、続けた。

「この花には花言葉がふたつあるの。ひとつは、『真実の愛』。もうひとつはね――」

「私を忘れないで」

鳥越氏は淡い紫の花たちのつぶやきに合わせるように、そうつぶやいた。僕の耳にも、可憐な淡い紫の花たちのつぶやきが聞こえた。

私を忘れないで……私を忘れないで……私を忘れないで……
なんて持ってまわったやり方なのだろう。なんて古臭い愛の形なのだろう。でも、どうしてこんなに優しくて、暖かいのだろう。

僕と鳥越氏はほとんど同時に、声を上げて泣き始めた。ウォーッとかオイオイとかヒーッとかビャーッとか、とにかく、色々な声を張り上げて、しばらくのあいだ人目もはばからず泣きじゃくった。ようやく僕と鳥越氏の嗚咽《おえつ》がおさまってきた頃、清水さんの優しい声が響いた。

「あなたたちまるで――」

僕と鳥越氏は清水さんを見た。清水さんの頬も涙で濡れていた。

「本当の親子みたいよ」

* * *

帰り道の話。

僕と鳥越氏は、別々の方法を選んだ。

鳥越氏は列車と飛行機を乗り継ぎ、いったん東京へ帰ったあと、身辺を整理して恵子さんがいたホスピスに移ってくることになった。僕が、グローブボックスに入っていた診断書を見た時に発見したのは、《cancer》という文字だった。

そんなわけで、鳥越氏は『南の涯』で残りの時間を過ごすことになった。

僕？

僕は、僕のものになったスターレットを再び駆って往路を逆行し、東京を経由して長野の実家に戻ることにした。

アルバイト料を固辞する僕に、鳥越氏はそれならこの車をもらってくれないか、と言ったので、僕は、それならいただきます、ともらうことにしたのだ。よくよく考えてみると、車のほうがアルバイト料の何倍もするのだけれど、まあ細かいことはいいだろう。

別れ際、僕は、実家に戻ってすぐ、両親に動脈瘤のことを打ち明け、手術を受けるつもりでいるのを、鳥越氏に告げた。そして、ひとつのお願い事をした。もし手術のあとに健忘症が発症するようなことがあったら、僕にもう一度あの可憐な紫の花たちを見せて欲しい、と。

そう、たとえ手術で傷を負ったとしても、花たちが咲き続けるかぎり、恐れることは何もないはずだった。僕は咲き誇る花たちを見て、たちどころにすべてを思い出すだろう。その瞬間、世界はこれまでにないほどくっきりとした輪郭を浮かべ、歓喜の表情を見せながら僕のもとに駆け寄ってくるに違いなかった。

「二度と枯らさないように、しっかり手入れをしておくよ」

鳥越氏は、優しい手で僕の頭を撫でながら、言った。

「でも、君は無傷でここに戻ってくるんだ。そう信じて、私はここで待ってる」

僕たちは最後に、ハイタッチを交わした。

パチン。


往《い》きとほぼ同じ道順を辿りながら、北上している。

フロントグラスから差し込む陽射しが、淡い。

でも、どういうわけだろう。目に入ってくるものすべては、鮮烈な輝きを放っていて、網膜にしっかりと焼きついてくる。

秋は確実に深まっている。

いまの僕に、後悔することなど、何ひとつとしてない。ただ、慈しむべき記憶だけがある。徒競走のスタートで転んだことも、バレンタインデーにふられたことも、沖縄で溺れかけたことも、あれもこれも、すべてがいとおしい。それらを抱えて、来たるべき冬を迎えよう。

車の調子はいい。

世界の涯まで行けそうだ。

間違いない。
この世界は素晴らしい。
僕は無傷で生還するだろう。

口絵イラスト　鴨居まさね
口絵・目次・章扉デザイン　岩瀬 聡

本書は、二〇〇三年一月に講談社より単行本として、
二〇〇七年七月に新潮社より新装版単行本として、
二〇〇八年七月に新潮文庫として刊行されました。

# 対《たい》話《わ》篇《へん》

金城《かねしろ》一紀《かずき》

令和2年 8月25日　初版発行
令和6年 6月15日　6版発行

発行者●山下直久

発行●株式会社KADOKAWA
〒102-8177　東京都千代田区富士見2-13-3
電話　0570-002-301（ナビダイヤル）

角川文庫 22276

印刷所●株式会社KADOKAWA
製本所●株式会社KADOKAWA

表紙画●和田三造



●お問い合わせ
https://www.kadokawa.co.jp/（「お問い合わせ」へお進みください）
※内容によっては、お答えできない場合があります。
※サポートは日本国内のみとさせていただきます。
※Japanese text only


ISBN 978-4-04-109199-9　C0193

# 角川文庫発刊に際して

角川源義

第二次世界大戦の敗北は、軍事力の敗北であった以上に、私たちの若い文化力の敗退であった。私たちの文化が戦争に対して如何に無力であり、単なるあだ花に過ぎなかったかを、私たちは身を以て体験し痛感した。西洋近代文化の摂取にとって、明治以後八十年の歳月は決して短かすぎたとは言えない。にもかかわらず、近代文化の伝統を確立し、自由な批判と柔軟な良識に富む文化層として自らを形成することに私たちは失敗して来た。そしてこれは、各層への文化の普及滲透を任務とする出版人の責任でもあった。

一九四五年以来、私たちは再び振出しに戻り、第一歩から踏み出すことを余儀なくされた。これは大きな不幸ではあるが、反面、これまでの混沌・未熟・歪曲の中にあった我が国の文化に秩序と確たる基礎を齎らすためには絶好の機会でもある。角川書店は、このような祖国の文化的危機にあたり、微力をも顧みず再建の礎石たるべき抱負と決意とをもって出発したが、ここに創立以来の念願を果すべく角川文庫を発刊する。これまで刊行されたあらゆる全集叢書文庫類の長所と短所とを検討し、古今東西の不朽の典籍を、良心的編集のもとに、廉価に、そして書架にふさわしい美本として、多くのひとびとに提供しようとする。しかし私たちは徒らに百科全書的な知識のジレッタントを作ることを目的とせず、あくまで祖国の文化に秩序と再建への道を示し、この文庫を角川書店の栄ある事業として、今後永久に継続発展せしめ、学芸と教養との殿堂として大成せんことを期したい。多くの読書子の愛情ある忠言と支持とによって、この希望と抱負とを完遂せしめられんことを願う。

一九四九年五月三日

# 角川文庫ベストセラー

**ナミヤ雑貨店の奇蹟**　東野圭吾

あらゆる悩み相談に乗る不思議な雑貨店。そこに集う、人生最大の岐路に立った人たち。過去と現在を超えて温かな手紙交換がはじまる……張り巡らされた伏線が奇蹟のように繋がり合う、心ふるわす物語。

**今夜は眠れない**　宮部みゆき

中学一年でサッカー部の僕、両親は結婚15年目、ごく普通の平和な我が家に、謎の人物が5億もの財産を母さんに遺贈したことで、生活が一変。家族の絆を取り戻すため、僕は親友の島崎と、真相究明に乗り出す。

**おそろし**
三島屋変調百物語事始　宮部みゆき

17歳のおちかは、実家で起きたある事件をきっかけに心を閉ざした。今は江戸で袋物屋・三島屋を営む叔父夫婦の元で暮らしている。三島屋を訪れる人々の不思議話が、おちかの心を溶かし始める。百物語、開幕！

**新世界**　柳広司

第二次大戦が終わった夜、原爆が生まれた砂漠の町で一人の男が殺され、混沌は始まった。原爆の父・オッペンハイマーの遺稿の中で、世界は捻れ悲鳴を上げる。人間の原罪を問う、至高のエンタテインメント。

**ジョーカー・ゲーム**　柳広司

〝魔王〟——結城中佐の発案で、陸軍内に極秘裏に設立されたスパイ養成学校〝D機関〟。その異能の精鋭達が、緊迫の諜報戦を繰り広げる！　吉川英治文学新人賞、日本推理作家協会賞に輝く究極のスパイミステリ。